Les Miroirs du Palais

Annie Pietri vit en région parisienne. Forte de son expérience d'orthophoniste, elle crée d'abord des livres-jeux qui remportent un franc succès, puis écrit son premier roman pour Bayard Jeunesse : *Les orangers de Versailles*, dont la suite paraît quelques années plus tard : *Parfum de meurtre* et *Pour le cœur du roi*. Elle est également l'auteur de *L'espionne du Roi-Soleil* et du *Collier de rubis*. Un autre de ses romans, *Carla aux mains d'or*, est publié par Hachette Jeunesse.

Illustration de couverture : Nathalie Novi
Calligraphie du titre : Nathalie Tousnakoff

© 2012, Bayard Éditions
18, rue Barbès, 92128 Montrouge Cedex
ISBN : 978-2-7470-2795-3
Dépôt légal : novembre 2012
Première édition

Loi n° 49-956 du 16 juillet 1949 sur les publications destinées à la jeunesse.
Reproduction, même partielle, interdite.

Annie Pietri

Les Miroirs du Palais

3

Le Grand Diamant Bleu

Estampille

bayard jeunesse

Liste des personnages

Personnages de fiction :

Domenico Morasse : maître verrier muranais, chef miroitier
Angelina : sa fille (de sa première épouse, Luciana)
Fabio : son fils (de sa seconde épouse, Émilie)
Émilie Juguet : seconde épouse de Domenico
Marcellin Juguet : maître verrier (frère d'Émilie)
Cendrène Juguet : femme de chambre de Marie-Anne de Conti (sœur d'Émilie)
Valentine : fille d'Émilie
Pasquale : verrier muranais
Léonie : servante de Marie-Anne de Conti
Jeannot : valet de Marie-Anne de Conti
Anselme : fontainier (fiancé de Léonie)

Le Grand Diamant Bleu

Personnages ayant existé :

Le roi Louis XIV (1638-1715) : fils de Louis XIII et d'Anne d'Autriche

Marie-Anne de Conti (1666-1739) : fille de Louis XIV et de Louise de la Vallière

Louise de La Vallière (1644-1710) : favorite de Louis XIV, de 1661 à 1674

Françoise de Maintenon (1635-1719) : seconde épouse de Louis XIV, à partir de 1683

Athénaïs de Montespan (1640-1707) : favorite de Louis XIV, de 1667 à 1683

Marquis de Louvois (1641-1691) : ministre de Louis XIV

Jean-Baptiste Tavernier (1605-1689) : diamantaire de Louis XIV

La Voisin (Catherine Monvoisin) (1640-1680) : sorcière

Pierre de Bagneux : directeur de la *Manufacture Royale de Glaces de miroirs*, à partir de 1683

Plan du premier étage du château de Versailles

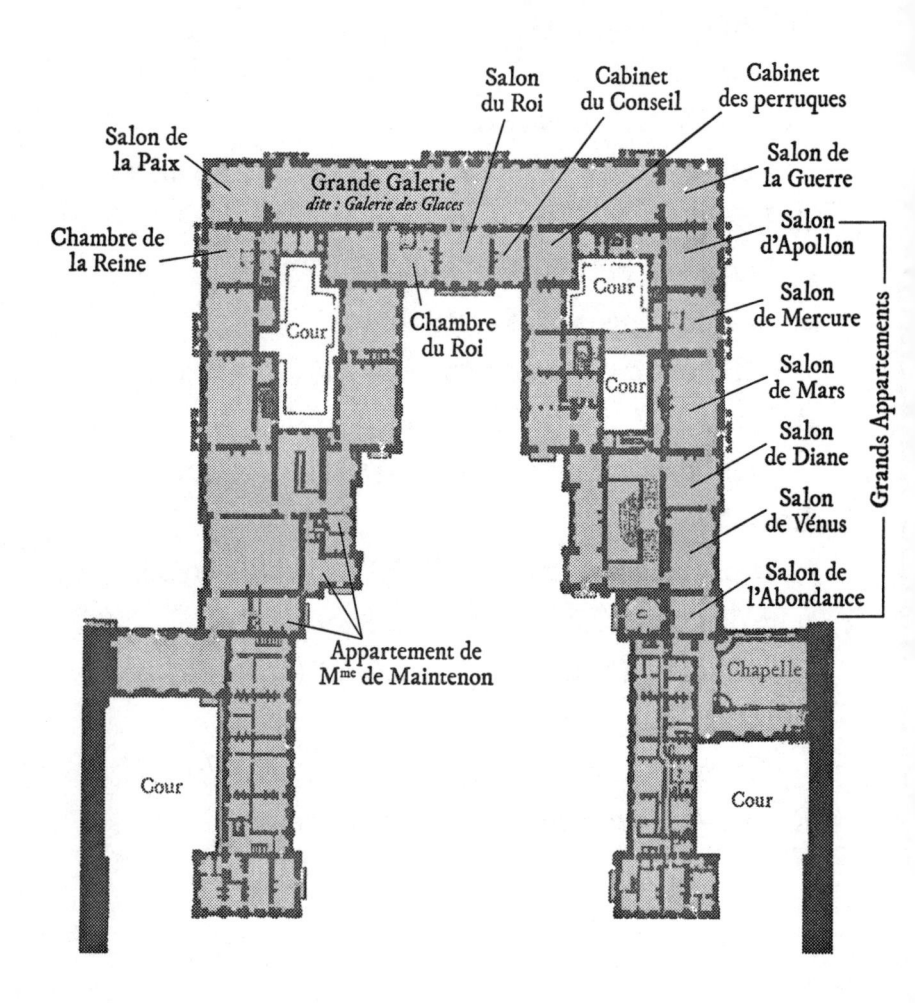

« Le passé est un prologue. »
William Shakespeare

1

Novembre 1684...

— Louvois ! Où diable m'emmenez-vous de ce pas de grenadier ? J'ai peine à vous suivre...

— Un peu de patience, vous ne tarderez pas à le savoir ! répondit le ministre[1].

Jean-Baptiste Tavernier[2] n'était pas homme à se contenter d'une réponse fumeuse.

---

1. François Michel Le Tellier, marquis de Louvois, devient ministre d'État de Louis XIV en 1672. En 1683, il succède à Colbert à la surintendance des Bâtiments, des Arts et Manufactures Royales.

2. Jean-Baptiste Tavernier (1605-1689), baron d'Aubonne, marchand, grand voyageur, et diamantaire de Louis XIV.

– Monsieur, donnez-moi, je vous prie, une explication! insista-t-il. Nous voici tous deux en habit de cour à arpenter cette soupente, alors que la fête bat son plein quarante pieds[3] plus bas, dans les salons des Grands Appartements. Sa Majesté le roi y fera bientôt son entrée, et nous allons le manquer par votre faute!

– Ménagez votre souffle, nous sommes presque arrivés, et faites-moi la grâce d'ôter ce chapeau ridicule.

Tavernier s'arrêta net obligeant son guide, ainsi que les valets qui portaient les candélabres, à l'imiter. Le silence succéda aux bruits de leurs pas. Seule la rumeur diffuse de la foule qui se pressait dans les salles situées au premier étage du château parvenait jusque-là. Dans un curieux mélange d'odeurs de bois sec, de poussière, de peinture et de fumée, la lueur des bougies projetait des ombres mouvantes sur les murs.

Il toisa Louvois et riposta:

---

3. 13 mètres.

Le Grand Diamant Bleu

– Vous me surprenez, marquis ! Les nombreuses charges qui sont les vôtres à la cour vous laisseraient-elles le loisir de vous soucier des caprices de la mode ? Que reprochez-vous donc à mon couvre-chef ?

– C'est un tricorne, et il ne vous sied guère.

– La belle affaire ! Sachez, monsieur, que le tricorne sied à tout le monde !

– Sans doute, mais celui-ci est trop petit pour vous, et ce bleu canard est à vomir.

«Cuistre!» pensa Tavernier avant de déclarer :

– Bleu persan serait plus approprié. Il se trouve que cette couleur est fort prisée en Orient où j'ai souvent voyagé !

– J'en conviens, mais nous sommes ici à la cour de Versailles ! Versailles, où vous avez, en outre, l'audace de paraître «en cheveux». Auriez-vous oublié qu'ici, la perruque est de rigueur ?

Louvois lança un regard glacial accompagné d'un demi-sourire à ce baron d'Aubonne[4], né d'une

---

4. Aubonne : ville située dans le canton de Vaud, en Suisse.

simple famille de géographes et de graveurs flamands, un vieil homme que le roi avait anobli pour services rendus à la Couronne.

Puis, le ministre se retourna, haussa les épaules en signe de mépris, et reprit sa marche.

Les deux compères et leurs domestiques arrivèrent dans la partie des combles, qui surplombait le salon de la Guerre. Presque tout l'espace était occupé par la machinerie permettant d'actionner la montée et la descente du majestueux lustre de cristal, situé sous leurs pieds. L'air sentait fort la graisse dont les rouages du mécanisme étaient enduits.

Ils s'engagèrent ensuite sur la gauche, dans un couloir étroit et rectiligne qui cheminait dans la charpente, au-dessus de la Galerie des Glaces.

La haute taille et la carrure du surintendant empêchaient Tavernier de voir vers quoi ils se dirigeaient. Très digne, celui-ci n'avait pas renoncé à arborer son tricorne.

Bientôt ce fut Louvois qui ralentit l'allure.

Le Grand Diamant Bleu

— Pour la dernière fois, Aubonne, découvrez-vous ! chuchota-t-il. Chapeau bas devant le roi !

— Sa... Sa Majesté ? Ici ? Dans les combles ?

Le surintendant s'adossa au mur percé de fenêtres basses qui donnaient sur les jardins.

Tavernier écarquilla les yeux.

Devant lui se tenait Louis XIV en grand habit, paré de tous les plus beaux diamants de sa cassette. À la lumière des candélabres, les pierres précieuses brillaient de milliers d'étincelles.

Son chapeau à plumes sur la tête, le souverain était debout, légèrement penché en avant, l'œil droit collé à l'œilleton d'une longue-vue. La lunette plongeait dans un orifice aménagé entre le sol de la soupente et le plafond de la Grande Galerie. Grâce à ce système ingénieux, le monarque pouvait épier ses invités.

Louvois se racla la gorge discrètement pour lui signaler sa présence.

— Ah ! s'exclama le roi, toujours occupé à scruter la foule en contrebas. Mme de Montespan cultive à merveille l'art de se faire désirer. Avant d'arriver, elle a attendu que la cour soit réunie au grand complet. Elle jubile lorsque le silence s'installe et que tous les regards se tournent vers elle. Jamais elle ne changera !

Le ministre toussota, espérant attirer l'attention du roi, mais celui-ci poursuivit sur sa lancée :

— Ses appartements sont déjà pourvus de grands et beaux miroirs, voilà pourquoi ce soir elle ne prête aucune attention à ceux de la galerie ! Il n'en va pas de même pour les autres courtisans. J'aime à les regarder se pavaner devant les glaces des arcades. Je me réjouis qu'ils s'émerveillent à ce point, face au reflet de leur personne. La plupart se voient « en entier » pour la première fois !

— Sire...

— Ah, marquis ! Approchez ! Prenez ma place, et regardez ! À la porte du salon de la Guerre, ne dirait-on pas Domenico Morasse ?

Le surintendant s'avança et s'inclina à son tour pour placer son œil droit sur l'œilleton de la lunette.

Il s'efforçait de garder l'œil gauche fermé, et affichait une vilaine grimace.

— En effet, Sire, dit-il en se redressant, après quelques instants. Il s'agit bien de votre miroitier en compagnie de sa famille : ce Fabio... que nous ne connaissons que trop bien, et une fort belle jeune femme. Domenico serait-il accompagné de sa fille d'Italie ?

Louis XIV reprit immédiatement possession de la longue-vue et, le visage radieux, il conclut :

— C'est bien elle ! Cette fille est encore plus belle que dans mon souvenir, le jour de son arrivée en France...

— Comment se nomme-t-elle ? demanda Louvois.

— Angelina ! Elle aura bientôt dix-huit ans. Venez ! Nous descendons sur-le-champ dans la galerie !

— Sire, Jean-Baptiste Tavernier est là...

— Pour vous servir, Votre Majesté, compléta le baron.

— Monsieur mon diamantaire, vous voici enfin !

Le souverain quitta son poste d'observation et prit place dans le fauteuil qui barrait le couloir.

– Approchez, mon cher ami, dit-il.

À nouveau, le regard glacé et suffisant de Louvois se posa sur Tavernier.

– L'endroit est assez incongru pour une audience, poursuivit le roi, je vous l'accorde, mais il n'en sera que plus discret, car j'ai à vous entretenir d'une chose très personnelle qui me tient particulièrement à cœur. N'êtes-vous pas au nombre des privilégiés qui connaissent le secret de mon mariage avec Mme de Maintenon ?

Le diamantaire acquiesça d'un clignement de paupières, accompagné d'un léger signe de tête.

Louis XIV examina ce vieillard au visage flasque, à la peau burinée par le soleil d'Orient, le sourcil froncé en permanence, les cheveux blancs comme neige, le corps usé par tant d'expéditions aux Indes. Pourtant, le regard conservait la flamme du découvreur passionné, du voyageur avisé, du négociateur

Le Grand Diamant Bleu

hors pair et du fin stratège qu'il était en matière de commerce. Et puis, le roi remarqua que l'homme n'avait rien perdu de son excentricité en avisant l'étoffe très colorée, à motifs d'oiseaux et de fleurs, dans laquelle était coupé son habit.

Tavernier s'en aperçut.

– De la soie rapportée d'Inde, il y a longtemps, Sire. De la plus belle qualité.

– Je vous reconnais bien là, baron ! dit le roi dans un sourire.

– En quoi puis-je être utile à Votre Majesté ?

– Vous n'ignorez pas que depuis une année tout juste, le destin de Mme de Maintenon et le mien sont liés. J'aimerais en cette occasion offrir à mon épouse un présent qui soit à la hauteur de l'amitié[5] que je lui porte. N'auriez-vous pas dans le secret de vos coffres de pierres précieuses, un diamant qui surpasse tous les autres ?

---
5. Amour.

— Je possède de fort beaux spécimens qui n'ont encore trouvé preneur, et qu'une reine pourrait arborer sans déchoir.

— Une épouse morganatique[6] ne peut être reine, Tavernier. Vous le savez aussi bien que moi. Cette union doit rester secrète, rappela le roi. Voyez-vous, la prudence et la prévoyance m'empêchent de rendre ce mariage public. Ce n'est pas un hasard si l'extrémité de la lunette que vous apercevez ici est placée dans la peinture de monsieur Le Brun, qui représente la Prévoyance. Lorsque vous serez en bas, dans la Grande Galerie, je vous demande de considérer cette toile. Elle me représente donnant l'ordre d'attaquer des places fortes en Hollande, il y a douze ans de cela. La Prévoyance est assise derrière moi et veille dans l'ombre. Le compas qu'elle tient dans la main droite indique que tous mes faits et gestes sont réfléchis, mesurés, «compassés», et ne peuvent laisser place à un évènement fâcheux. J'agis toujours ainsi,

---

6. Se dit du mariage d'un souverain ou d'un prince, avec une femme de rang inférieur.

avec beaucoup de prudence, tant pour les affaires de l'État que dans mon particulier.

Le roi attendit un moment avant de continuer :

— Si ce mariage était officiel il pourrait nuire à mon image auprès des cours étrangères et influencer leur politique à l'égard de la France. Voilà pourquoi j'ai décidé que la nouvelle de ce mariage ne devait pas être divulguée. Mme de Maintenon ne sera jamais Reine, mais le respect que je lui porte et mon amitié pour elle sont des plus sincères. Ses qualités sont si nombreuses que rien ne saurait la priver d'un des plus beaux diamants du monde ! Alors, Tavernier ! Avez-vous une pièce rare à me proposer ?

— L'excellence de ce que j'ai rapporté de mes pérégrinations est d'ores et déjà en votre possession, Sire. Aucune gemme, à ma connaissance, ne peut surpasser en poids et en pureté le Grand Diamant Bleu que M. Colbert se plaisait à nommer « le Diamant Bleu de la Couronne de France », au regard de sa couleur si exceptionnelle.

— Dans ce cas, retournez aux Indes, mon ami, et cherchez encore ! J'ai ouï dire que Son altesse l'Électeur de Brandebourg[7] souhaite vous placer à la tête d'une grande société commerciale qu'il veut créer entre l'Europe et l'Orient. Vous me semblez donc prêt à reprendre la route !

— Cela se pourrait, en effet. Mais je suis un vieil homme. Si je trouvais assez de forces pour repartir au pays des maharajas, je ne reviendrais que dans deux ou trois années, peut-être quatre. Votre cadeau souffrirait quelque retard.

— Il attendra s'il le faut...

— Si je puis me permettre, Majesté, pourquoi n'offririez-vous pas le Grand Diamant Bleu, à madame votre épouse ? Il n'existe rien de supérieur.

— Le Grand Diamant Bleu, dites-vous ? Et pourquoi pas ? Voilà une idée qui me plaît... L'affaire est entendue ! Mme de Maintenon le mérite bien.

---

7. Frédéric-Guillaume Ier de Brandebourg, duc de Prusse de 1640 à 1688.

Le Grand Diamant Bleu

Le roi se frotta le menton avant de poursuivre, le plus sérieusement du monde :

— Mais vous devez quand même partir Tavernier. Cette nouvelle expédition est une aubaine pour vous. Je sais que vous appartenez à la Religion Prétendue Réformée[8], aussi, pour votre sécurité, je vous engage à quitter la France dès que possible. J'entends remettre de l'ordre dans les affaires du royaume de manière qu'il n'y ait plus qu'une seule religion : la mienne. Et pour ce faire, je m'apprête à révoquer l'édit de Nantes[9]. M. de Louvois a tous pouvoirs pour « engager » les protestants, vos coreligionnaires, à se convertir. Cela, je le crains, ne se fera pas sans heurts... Allez, maintenant, et emmenez votre famille avec vous, l'éloignement vous protégera tous. Remerciez-moi en me rapportant de magnifiques diamants.

Le vieux baron prit une grande inspiration, redressa la tête et, avec l'air déterminé de celui

---

8. Religion protestante.
9. Signé en 1598 par Henri IV, accordant aux protestants la liberté de pratiquer leur culte. Il mit fin aux guerres de Religion.

qui n'a rien à perdre, il regarda le roi droit dans les yeux :

— En persécutant les protestants, auriez-vous résolu de revenir sur la promesse qui leur a été faite par Henri IV, votre grand-père ? Souhaitez-vous voir gésir dans les rues de Paris autant de cadavres qu'au matin de la Saint-Barthélemy[10] ? Trois mille hommes, femmes et enfants affreusement mutilés, baignant dans leur sang, Sire, vous ne l'ignorez pas. Sans compter les milliers de morts que l'on a dénombrés, les jours suivants, dans les villes et villages de province...

Tavernier se tourna vers la fenêtre et, de ses deux mains tendues, il désigna les jardins.

— Imaginez leurs corps étendus dans les allées du parc. Elles n'y suffiraient pas ! Des milliers, Sire ! Je n'ose croire que vous soyez celui que l'Histoire, la mémoire de la France, retiendra comme

---

10. Massacre de protestants perpétré à Paris, durant la nuit du 23 au 24 août 1572, et en province les jours suivants. Resté dans les mémoires comme un symbole de l'intolérance religieuse.

le bourreau d'une population si talentueuse[11], discrète et dévouée.

Les lèvres pincées sous sa fine moustache, le monarque fixait sans ciller celui qui l'outrageait ouvertement. Par bonheur pour le baron, il y avait peu de témoins de cet affront. Le surintendant, et quelques valets choisis par le roi, tous tenus de respecter le secret des conversations.

Pourtant, Tavernier n'en avait pas terminé et avait la ferme intention d'aller jusqu'au bout de son idée. Malgré l'air courroucé du monarque, il continua comme s'il était assuré d'une totale impunité :

– Puisque vous me le commandez, Sire, je quitterai la France, ce pays que j'aime par-dessus tout. Je ne sais si je reprendrai un jour la route des Indes, jusqu'aux mines de Golkonda, où l'on trouve les plus belles pierres du monde. Si je le faisais néanmoins, ce ne serait plus pour votre compte parce

---

11. En grande majorité des artisans chevronnés (tisserands, joailliers, horlogers, industrie de la soie, etc.).

qu'il m'est impossible de souscrire au massacre des miens. Adieu, Majesté.

Ayant dit, le vieil homme salua, remit son tricorne bleu persan sur ses cheveux blancs, s'empara d'un candélabre que portait un valet, tourna les talons et reprit le couloir en sens inverse.

Louis XIV avait reçu l'insulte en pleine face, mais, d'un geste, il retint son ministre prêt à donner l'ordre qu'on arrête le diamantaire.

– Laissez, dit-il d'une voix sourde, le visage cramoisi de colère contenue.

Il soupira et ajouta :

– Qu'il n'arrive jamais rien de fâcheux à cet homme, ou vous m'en rendrez compte personnellement.

Pendant quelques secondes durant lesquelles on entendit s'éloigner les pas de Tavernier, le roi colla de nouveau son œil à la lunette qui plongeait dans le plafond de la Galerie des Glaces.

– Suivez-moi, Louvois, ordonna-t-il enfin en relevant la tête. Nous devrions déjà être en bas !

2

Pas un seul courtisan n'aurait voulu manquer la présentation officielle de la Grande Galerie.

Tous avaient revêtu leurs habits de cour et portaient les plus beaux bijoux qu'ils possédaient. Les ministres étaient également présents ainsi que les ambassadeurs des cours étrangères. L'affluence était à son comble et, malgré l'immensité du lieu, on avait peine à s'y mouvoir. Pourtant, comme par miracle, lorsque les gardes annoncèrent l'arrivée de Louis XIV et de la famille royale, la foule scintillante et colorée se fendit en deux, telle la mer Rouge devant Moïse, ainsi qu'il est décrit dans la Bible, ouvrant un large passage au souverain et à sa suite.

De chaque côté de cette allée centrale, les courtisans, de plus en plus nombreux, se tassaient maintenant sur sept rangées.

Des gentilshommes jouaient des coudes sans aucun ménagement pour se faufiler au premier rang. Pour eux, faire sa révérence au roi, retenir son attention un instant seulement, et lui glisser une parole ou un placet étaient une priorité.

Les dames se chamaillaient à voix basse, se donnaient des coups de pied dans les tibias, ou écrasaient d'un coup de talon rageur les orteils de leur voisine. Les unes piaillaient de douleur, les autres grondaient de colère à cause de rubans froissés, de dentelles déchirées ou de leurs traînes piétinées. D'autres encore agitaient leur éventail avec frénésie. Elles étaient toutes beaucoup trop serrées dans le corset de leur robe de cour et écœurées par les odeurs mélangées d'urine, de transpiration, d'haleines fétides, mais aussi des parfums capiteux dont elles s'aspergeaient. La fine fleur de la noblesse française manquait d'air et risquait de s'évanouir à tout moment.

De surcroît, la confiance n'était pas de mise à la cour, où les vols se multipliaient. Sans perdre de vue le roi, une seconde, chacun surveillait de près ses bijoux, afin qu'ils ne disparaissent pas à la faveur de la bousculade.

– Ciel! Que le métier de courtisan est éreintant! Il faut avoir les yeux partout, soupira Jean-Baptiste Tavernier devant ce spectacle aussi grandiose qu'affligeant.

Le vieil homme était vivement descendu de la soupente et avait rejoint la Grande Galerie. Il voulait admirer le «chef-d'œuvre» avant de quitter pour longtemps, probablement pour toujours, Versailles et la France.

Le baron avait deviné l'enjeu de la soirée. Louis XIV affirmait sa réputation de «plus grand roi du monde» en présentant la chose la plus extraordinaire et précieuse qui soit: la Galerie des Glaces.

Les Miroirs du Palais

La presse[1] patientait depuis un bon moment déjà et avait eu le loisir de s'extasier devant le plafond peint, le somptueux mobilier d'argent massif, les torchères recouvertes d'or fin, les statues et les vases de marbre, les bustes de porphyre, les lustres à pendeloques de cristal, et bien sûr les miroirs. Aussi, lorsque le roi apparut sur le seuil de son allée de lumière, le silence se fit, et tous les visages se tournèrent vers sa royale personne. Plus rien ne comptait que Lui!

Tavernier en profita pour s'éclipser. Il avait remarqué l'absence de Mme de Maintenon et, pour la connaître un peu, il n'ignorait pas qu'elle détestait les manifestations officielles. Une fois encore, la dame avait préféré rester chez elle, à l'abri des regards et des courant d'air dans sa «niche» de damas rouge.

C'est là, au premier étage du château, dans son appartement dont les fenêtres s'ouvraient sur la cour de marbre, que le diamantaire alla la trouver.

---

1. La foule.

Le Grand Diamant Bleu

Impassibles, deux Gardes Suisses en faction se tenaient devant la porte de celle qui, aux yeux de tous, restait la veuve Scarron devenue marquise de Maintenon[2]. Ils regardèrent approcher le vieil homme à l'habit bariolé et au tricorne bleu vissé sur le sommet du crâne.

La nouvelle épouse du souverain ne laissa pas le baron faire antichambre[3]. Dès qu'on lui annonça son arrivée, elle ordonna qu'on le fasse entrer.

– Je suis venu vous faire mes adieux, madame, dit-il en s'inclinant fort respectueusement. Je m'apprête à quitter la France et, vu mon grand âge, je ne sais s'il me sera donné de la revoir un jour.

Sans s'émouvoir, Françoise de Maintenon reçut l'information assise dans le fauteuil de son alcôve carmin.

Malgré son « élévation » au rang d'épouse du roi de France, la marquise avait conservé une simplicité

---

2. À l'âge de seize ans, en 1652, Françoise d'Aubigné, future marquise de Maintenon, épouse le poète Paul Scarron de vingt-cinq ans son aîné. Elle est veuve en 1660.
3. Attendre.

exemplaire, par discrétion d'abord, mais aussi par goût. Sa robe, à peine décolletée, ornée de dentelles délicates et sans aucun ruban, était coupée dans une belle étoffe fluide, au tomber parfait, alliant avec un raffinement exquis le vert bronze et le gris anthracite.

Elle venait de fêter son quarante-neuvième anniversaire. Ses cheveux châtain foncé, sans un fil blanc, encadraient un visage dans la perfection de l'âge. Ses gestes gracieux, son regard brun et serein, sa voix douce lui conféraient un charme indéfinissable et une grande dignité. Tavernier la jugea belle. Mais il ne put s'empêcher de songer à ce qu'avait dit le roi dans la soupente à propos d'une certaine Angelina. La marquise ne devait pas espérer garder le roi pour elle seule... À quarante-six ans, marié depuis un an seulement, il ne manquait pourtant pas de s'enflammer à la vue d'une jeune et jolie femme. Le diamantaire avait remarqué dans les yeux du souverain la même lueur qu'au début de la faveur d'Angélique de Fontanges.

Le Grand Diamant Bleu

En joaillier expérimenté, le baron nota que Mme de Maintenon portait des bijoux de valeur, certes, mais très sobres. Il se surprit à penser que cette femme n'était pas «une Montespan» et qu'elle n'arborerait jamais le diamant bleu. Tout au plus aurait-elle le plaisir de l'admirer en secret dans son écrin et de se dire qu'il était sien, offert en gage d'amour par Louis XIV.

– Ainsi Sa Majesté vous a mandé de repartir aux Indes lointaines pour y exercer vos talents de découvreur de trésors.

– En effet, madame. Il est possible que je me rende, peut-être pour la dernière fois, aux mines de Golkonda. Elles recèlent les plus beaux diamants de la Terre. Une grande partie de ceux qui constituent le trésor royal proviennent de cet endroit.

– Quelle vie passionnante que la vôtre, monsieur! Savez-vous que, dans ma jeunesse, j'ai voyagé jusque dans les *Isles*? Je n'avais alors qu'une dizaine d'années. Longtemps, on m'a donné le surnom de «Belle Indienne» à cause des trois années que j'ai passées à la Guadeloupe et en Martinique. Je n'ai guère aimé cette époque, mais il me semble en avoir gardé un certain goût pour l'aventure. Voilà pourquoi je vous envie. S'envoler vers d'autres latitudes, et y faire de merveilleuses trouvailles, n'est point donné à tout le monde !

— J'aime les voyages depuis l'enfance, madame, mais j'avoue qu'à mon âge je me sens un peu las. Il y a près de soixante-cinq ans que je parcours les routes d'Europe et d'Orient.

— Votre mérite est grand, Tavernier ! Mais, dites-moi, en toute franchise, quelle est votre plus belle invention[4] ?

Le vieil homme n'eut pas à réfléchir avant de répondre :

— Sans nul doute le Grand Diamant Bleu. La plus prestigieuse gemme des joyaux de la Couronne de France.

— Contez-moi la manière dont vous l'avez découverte.

---

4. Découverte.

Le Grand Diamant Bleu

— Je l'ai troquée contre une poignée de pierres plus petites, et de piètre qualité, mais conformes aux couleurs que l'on apprécie dans le sultanat de Golkonda : vert, rouge et blanc. Là-bas, le bleu a la triste réputation de porter malheur. Le colporteur ignorait la véritable valeur de ce qu'il m'échangeait. J'avoue l'avoir dupé !

— Cette pierre a-t-elle une histoire ?

— Une légende raconte que la pierre a été volée dans un temple dédié à Lakshmi, déesse de la Fortune, de la Prospérité et de l'Abondance. Le voleur aurait été foudroyé dès sa sortie du temple.

Le regard serein de Françoise de Maintenon, s'assombrit tout à coup.

— Monsieur le baron, vous auriez acheté un diamant dérobé dans un lieu de culte ?

— Il ne s'agit là que d'une légende, madame. Mais, il est vrai qu'aux Indes la force des récits est telle, qu'on peut les croire réels... Il faut admettre que, dans n'importe quel négoce, il y a marchandage, ce qui implique un perdant... Le jour où j'ai obtenu le diamant, le perdant a été le colporteur. Et, si la légende dit vrai, à travers lui, ce fut la déesse Lakshmi.

— Sont-ce là les méthodes dont vous usez toujours en matière de commerce, monsieur? Si une déesse avait été spoliée, et par conséquent trahie la confiance de ses fidèles qui est à respecter quelle que soit la croyance, j'en serais fort contrariée. On ne détourne pas un présent, *a fortiori* une offrande faite à une divinité.

— Peu me chaut, en vérité, de savoir d'où provient cette pierre, madame. Dans mon métier, on ne s'embarrasse point de scrupules. Croyez-le bien, mon seul but était de plaire à Sa Majesté, en lui rapportant les plus belles pierres qui soient.

— Si les bijoux que nous exhibons en Europe sont à ce prix, je suis heureuse de n'en posséder que fort peu. Je tiens pour moi que, d'une certaine manière, ils ne doivent pas porter bonheur, conclut la Maintenon. Sachant cela, je ne pourrai plus regarder aucun joyau de la même manière.

— Pourtant, madame, le Grand Diamant Bleu mérite d'être regardé. Je dirai même «scruté». Figurez-vous qu'il contient en son centre une petite anomalie. Oh! si minuscule qu'elle pourrait presque échapper à un professionnel. Ce diamant est un peu mon enfant, et sans doute suis-je le seul à le connaître parfaitement.

— La réputation de cette pierre vient certes de sa couleur qui chez nous est fort prisée, de sa taille, et de sa pureté sans égale. Et vous me dites aujourd'hui qu'elle contient une imperfection? s'étonna la Maintenon.

— À mes yeux, qui n'ont jamais rien vu d'aussi beau, répliqua le baron, ce diamant est un univers. Pour l'avoir longuement et si souvent observé, je crois pouvoir affirmer que cette petite inclusion recèle la mémoire de la terre. Le savoir. La planète ne fait rien au hasard. Elle a mis au cœur de ce qu'elle a produit de plus précieux, tout ce que l'Homme doit apprendre sur lui-même et ce qui l'entoure. À lui d'aller y puiser ce dont il a besoin pour conduire au mieux son existence. De la même manière que l'on va consulter un livre dans une bibliothèque ou boire à une source. Ce diamant n'est pas n'importe quel diamant, madame, il est la vie, il est le monde !

Mme de Maintenon resta quelques instants silencieuse. Elle ne savait que penser de ce qu'elle venait d'entendre.

– Vous êtes soit un poète, soit un fou, mon cher Tavernier. Dans le second cas, il y aurait là quelque chose d'effrayant.

La marquise frissonna.

Dans l'esprit de son illustre interlocutrice, Jean-Baptiste Tavernier venait de ruiner, à plus d'un titre, la réputation du Grand Diamant Bleu. Ainsi, le cadeau que Louis XIV destinait à sa bien-aimée ne serait jamais vraiment apprécié à sa juste valeur... Le baron jubilait intérieurement du tour qu'il venait de jouer au roi.

En bon protestant, habitué à taire ses émotions, le bonhomme esquissa un sourire si discret que la marquise ne s'en aperçut pas...

3

Louis XIV s'avançait dans la galerie, escorté de Charles Le Brun, son Premier Peintre, et de l'architecte Jules Hardouin-Mansart. Des trois hommes avec qui le roi avait décidé la construction de l'allée de lumière, en 1678, seul manquait M. Colbert, disparu quatorze mois plus tôt, peu après la reine Marie-Thérèse.

Ils s'arrêtaient souvent pour contempler le plafond voûté, et Le Brun expliquait de quelle manière il avait conçu cette œuvre magistrale. Les courtisans levaient et baissaient la tête en même temps que le roi, et ceux qui étaient à sa hauteur pouvaient entendre l'illustre artiste parler de son travail.

Domenico, Fabio et Angelina se tenaient dans la galerie, au premier rang, à mi-distance du salon de la Guerre et du salon de la Paix.

Angelina ignorait tout de la mystification à laquelle Fabio avait, malgré lui, participé, un an auparavant. Elle savait uniquement qu'il avait séjourné à la cour.

– Personne ne se rappelle de toi ? s'offusqua la jeune fille, persuadée que son petit frère ne pouvait être qu'un héros tant il était beau.

En effet, nul n'avait reconnu Fabio. Pourtant, lorsqu'il avait joué le rôle de Louis de Vermandois revenant de la guerre des Flandres[1], le regard acéré des courtisans l'avait enveloppé d'une attention toute particulière.

Fabio parut embarrassé par la question de sa sœur. Depuis qu'il avait recouvré la mémoire, certains souvenirs lui étaient pénibles. Notamment, ceux qui

---

1. Voir tome 2, *L'allée de lumière*.

Le Grand Diamant Bleu

étaient liés à la Voisin. Sans compter les agissements grotesques qu'elle avait induits chez lui en prenant possession de son esprit, le dirigeant tel un pantin. Domenico vint au secours de son fils, et répondit à sa place :

– C'est normal ! Ton frère a changé depuis la dernière fois qu'il est venu à Versailles. Il a un peu grandi, il porte la barbe, et la pratique du métier de miroitier, qui réclame force et vigueur, lui a donné une belle carrure.

Angelina parut satisfaite de la réponse de son père. Elle sourit et promena son magnifique regard bleu saphir sur les arcades de miroirs. Les glaces ne l'impressionnaient pas, elle en voyait des quantités à la manufacture. Pourtant, la Grande Galerie n'en comptait pas moins de trois cent cinquante-sept ! Domenico lui en avait révélé le nombre exact. Hormis les miroirs, tout la subjuguait dès lors que le fiacre qui avait conduit la famille Morasse à Versailles était entré dans la cour du château. Les chevaux, les carrosses, et puis les marbres, les ors, les cristaux des lustres, la lumière dorée des milliers de bougies, les robes de cour, les bijoux, le roi... De la prison des Plombs à Venise, où elle avait toujours vécu, elle n'aurait pu imaginer qu'elle verrait un jour, et de si près, tant de merveilles. Soudain, elle eut les larmes aux yeux... Depuis les révélations sur ses véritables origines et son arrivée à Paris, elle se sentait nerveuse et fragile, par instant, accablée d'une grande tristesse. Elle éprouvait un vague à l'âme qui lui était inconnu, auparavant. Elle avait envie de pleurer à propos de tout et de rien. Trop de choses avaient bouleversé sa vie en quelques mois...

Angelina s'efforçait de contenir son émotion et ses larmes, pour ne pas gâter le délicat voile de poudre appliqué sur son visage, quand elle vit le roi et sa suite arriver à son niveau.

— Marie-Anne..., murmura Fabio.

— Qui est-ce ? demanda Angelina.

— Marie-Anne est la fille du roi et de mademoiselle de La Vallière, l'ancienne favorite. Celui qui se tient aux côtés de Marie-Anne est son mari, le prince de Conti.

– Tu en as appris des choses quand tu étais *dans la cour*!

– Non, Angelina. Lorsqu'on parle du château de Versailles, on ne dit pas «dans la cour», mais «à la cour», la corrigea gentiment son frère. Et je n'ai rien appris de particulier à propos de Conti dans le peu de temps que j'ai séjourné au palais, je sais seulement qu'il est le gendre de Sa Majesté. Lorsque Cendrène est venue nous voir à la manufacture, la semaine dernière, elle nous a parlé de lui, il paraît qu'il est enfin de retour à la cour, après une longue absence. Tu ne t'en souviens pas?

– Ma foi, non. Je devais rêver de Venise...

– Ta ville natale te manque?

– Je crois, oui.

– Tu t'ennuies de l'Italie ou de tes parents? Enfin... je veux dire de la famille qui t'a élevée? précisa Fabio.

— Laisse-moi tranquille, je n'ai pas envie de parler de ça.

— Comme tu voudras.

Un peu vexé par la répartie d'Angelina, le jeune homme tourna la tête en direction de Marie-Anne.

La princesse suivait le roi et écoutait Le Brun avec attention, mais elle était visiblement triste et fatiguée. Par moments, elle regardait la foule. Soudain, ses yeux se posèrent sur Angelina. Il y avait longtemps qu'elle n'avait pas vu une aussi jolie jeune femme à Versailles. Marie-Anne, dont on louait sans cesse la beauté, frissonna de jalousie. Elle en était là de ses réflexions quand le monarque prit la parole :

— Pas un instant, je n'ai douté que vous aviez du génie, monsieur Le Brun. Vous avez fait en quatre ans du si bel ouvrage, qu'il force l'admiration de tous. Vous avez réalisé ce chef-d'œuvre par vous-même, sans vous faire aider d'aucune manière. Jamais vous n'avez failli à votre tâche, et je vous en remercie. Je ne vous aurais pas nommé Premier Peintre du Roi, il y a maintenant vingt ans, je le ferais

Le Grand Diamant Bleu

aujourd'hui même ! Je sais qu'il eût fallu à tout autre que vous plus de temps pour penser de si grandes choses qu'il ne vous en a fallu pour les accomplir. M. Colbert serait fier de vous, s'il pouvait voir de telles splendeurs !

Réagissant aux dernières paroles prononcées par le monarque, un courtisan, placé derrière Angelina, glissa à son voisin :

– Pauvre M. Colbert ! C'était un homme admirable. S'il a rendu son tablier, c'est à mon avis qu'on l'y a forcé.

– La mort l'aura sauvé de la disgrâce, répliqua l'autre.

Angelina qui s'intéressait à tout, y compris aux conversations de ceux qui l'entouraient, se pencha vers Fabio pour lui demander :

– Pourquoi M. Colbert a-t-il *vendu son sablier* ?

– Vendu quoi ?

– Son sablier.

Sans y avoir vraiment prêté attention, Fabio avait lui aussi entendu le discours des deux hommes, et il comprit ce qu'Angelina voulait dire. Il entreprit de l'éclaircir :

— M. Colbert ne portait pas de tablier. « Rendre son tablier » est une expression, assez abstraite, je te l'accorde, qui signifie que l'on renonce à ses fonctions. Ainsi, M. Colbert a, de son plein gré, renoncé à sa charge de ministre. Il a donné sa démission. Ma chère sœur, tu apprends vite, mais il te reste de gros progrès à faire en franç...

Le dernier mot de sa phrase resta en suspens. Marie-Anne approchait, et Fabio était subjugué par son visage. Cependant, il lui trouva la mine à l'envers. Il supposa que c'était la raison pour laquelle elle avait auréolé ses joues d'un excès de fard rouge.

Le regard des deux jeunes gens se croisa, enfin. À la différence des courtisans, la princesse reconnut Fabio d'emblée. Ils échangèrent un imperceptible sourire qu'Angelina ne manqua pas de remarquer.

« Le cœur de mon frère bat plus vite que de raison lorsqu'il aperçoit la princesse... », songea-t-elle.

Le Grand Diamant Bleu

Occupée à observer son frère et Marie-Anne, Angelina n'avait pas vu que Louis XIV la dévisageait avec insistance. Les dames de la cour qui se trouvaient juste à côté d'elle se redressèrent. Chacune espérant être l'élue. Mais elles comprirent vite à qui le monarque faisait cet honneur. On entendit alors quelques gloussements d'indignation. Cette fille était vêtue comme une bourgeoise de province, et le roi se pâmait devant elle !

Le monarque, toujours entouré de Marie-Anne et de Le Brun, s'approcha de Domenico.

– Le Brun, je vous présente l'homme qui a fabriqué les miroirs de cette allée de lumière. Comme vous, il a œuvré sans relâche pour donner à mon palais un éclat inégalé en Europe et dans le monde entier !

Puis, s'adressant à Domenico, il ajouta :

– Je vous remercie, monsieur Morasse, et, voyez-vous, il ne sera pas dit qu'il existe deux poids, deux mesures, dans la gratitude que j'accorde à ceux qui me servent bien. Vous méritez amplement le titre de Premier Miroitier !

Un murmure parcourut l'assemblée.

— Voilà une charge qui n'a jamais existé, et que je viens d'instituer à votre intention.

Le Muranais posa sa main droite sur sa poitrine, à la hauteur du cœur, et s'inclina.

— Merci, Majesté, c'est un très grand honneur, déclara-t-il intimidé et ému.

Le roi fronça imperceptiblement les sourcils. La main du miroitier était bandée de fin tissu blanc au travers duquel, par endroits, suintait un peu de sang. Son autre main, la gauche, était pareillement pansée.

— Les stigmates d'une longue vie de verrier, Sire, déclara Domenico qui avait suivi le regard du souverain.

— Aimeriez-vous m'en parler en privé ?

— Sire, j'allais justement vous prier de m'accorder une audience.

— Soit ! Ne quittez pas le château. Attendez à l'office, chez la princesse de Conti. On viendra vous y chercher, et nous pourrons causer.
— Merci infiniment, Sire.

Aussitôt après la réception dans la Grande Galerie, Marie-Anne se dépêcha de rentrer chez elle. Angelina, Fabio et Domenico prirent également le chemin des appartements de la princesse, ainsi que le roi l'avait ordonné. L'occasion était bonne pour aller embrasser Cendrène avant de rentrer à la manufacture.

Louis XIV, quant à lui, rejoignit les appartements de Mme de Montespan. Il avait pour habitude de rendre, chaque soir, une visite de courtoisie à celle qu'il avait chérie durant treize années. Et, comme chaque soir, elle était de mauvaise humeur.

— Angelina ! Voilà donc comment se nomme cette Italienne ! grinça-t-elle, en arpentant d'un pas nerveux le salon de son magnifique logement au premier étage du château.

Serrée à étouffer dans le corset de sa robe de soie fauve, l'ancienne favorite, gagnée par un embonpoint dont elle n'arrivait pas à se débarrasser, se laissa finalement tomber dans un fauteuil face à celui qu'occupait le roi.

La belle Athénaïs enrageait, et le souverain savait pourquoi... Au cours des quatre années qui venaient de s'écouler, il s'était progressivement détaché d'elle. De plus, à Versailles, la rumeur enflait à propos de son mariage secret avec Mme de Maintenon. Sans doute parce qu'elle pressentait que la rumeur disait vrai, la Montespan se refusait à lui poser franchement la question. Sans doute avait-elle peur de la réponse... Par dépit, elle saisissait le moindre prétexte pour laisser exploser sa colère, transformant la plus banale des conversations en une violente dispute.

– Comment votre attention peut-elle être retenue par cette fille sans naissance et par conséquent inculte ? Depuis toujours, seules les femmes dotées d'une brillante tournure d'esprit ont su vous séduire.

Le Grand Diamant Bleu

Je suis, il me semble, bien placée pour le savoir. Ah! Vous étiez pourtant suffisamment entouré de miroirs, tout à l'heure, pour y apercevoir cet air de chiot ahuri que vous aviez en la dévisageant! Et devant toute la cour, de surcroît! Vous vous êtes ridiculisé, Louis!

— Vous feignez d'ignorer que mon premier amour fut Marie Mancini, une des nièces du cardinal Mazarin. Une Italienne également, et sans le moindre quartier de noblesse. Rappelez-vous que, si l'on m'avait permis d'agir selon mon cœur, je l'aurais épousée, et elle serait aujourd'hui votre reine! Elle n'avait pas le moindre quartier de noblesse, mais elle n'était point dépourvue d'esprit, loin de là! Et son joli minois éclairé par un regard doré avait su me séduire. Angelina, quant à elle, respire l'intelligence. Et elle possède les plus beaux yeux bleus du monde.

Au comble de la fureur, Mme de Montespan se leva et, d'un geste de la main, elle balaya un magnifique vase de Chine qui se brisa sur le parquet.

— Il fut un temps où ce compliment m'était réservé, gémit-elle avant de se cacher le visage de ses mains tremblantes.

Pour une fois, les larmes d'un chagrin véritable glissaient sur ses joues.

Mais le roi avait trop supporté les exaspérations, les emportements et les pleurs de la flamboyante marquise. Il en était lassé. Lassé au point que, ce soir-là, lui aussi explosa :

— Madame, je ne vous tolère plus à la cour qu'en mémoire de ce que nous fûmes l'un pour l'autre, et par respect pour nos enfants ! J'ai fait d'eux des princes, et je vous ai longtemps épargnée afin de ménager votre réputation. L'auriez-vous oublié ? Sachez que vous avez perdu mon estime et ma confiance depuis l'Affaire des Poisons dans laquelle vous avez été gravement compromise.

Louis XIV se tut, le temps de considérer avec attention le décor qui l'entourait et qu'il connaissait néanmoins par cœur.

La Montespan était médusée par ce qu'elle venait d'entendre. Elle demeura debout, face au roi, livide et sans voix. Certes, elle aurait aimé se défendre, mais aucun son ne réussit à passer la barrière de ses lèvres.

– J'ai le regret de vous annoncer, reprit-il en la dévisageant avec froideur, que vous allez déménager. Le logement que vous occupez actuellement prolongera désormais mes propres appartements. Je vous offre en échange de vous installer dans l'appartement des Bains. Je vais ordonner d'y pratiquer quelques aménagements afin de le rendre plus chaleureux en hiver. Vous y serez bien.

Athénaïs eut un haut-le-cœur et craignit de tomber évanouie. Ainsi poussée dans ses derniers retranchements, elle trouva la force d'articuler:

– Bien que je sois la mère de plusieurs de vos enfants, vous ne m'autorisez plus à demeurer à l'étage noble? Vous... vous me reléguez au... rez-de-chaussée!

– Je vous permets de rester à Versailles.

– Et si je refusais de quitter les lieux?

– Athénaïs, ne me contraignez pas, par votre résistance, à vous exiler dans un couvent de province.

– Vous oseriez ?

– N'en doutez pas un instant. Obéissez, madame, et cessez de vous plaindre.

4

Fort contrarié, le roi quitta les appartements de Mme de Montespan pour rejoindre les siens. Il s'enferma dans son cabinet particulier et demanda à son premier valet de chambre, le fidèle Bontemps, d'aller quérir Domenico.

Angelina, Fabio et Domenico attendaient à l'office, chez Marie-Anne, près du réchauffoir où les cuisiniers apprêtaient les repas de la princesse. Le feu qui ronronnait dans la cheminée et des chandelles disposées sur un bougeoir à trois branches éclairaient la pièce embrumée d'un imperceptible voile de fumée.

Impatient, le Muranais marchait de long en large, en fixant les tomettes parfaitement cirées. Angelina se savait très réceptive à l'énervement et aux angoisses de son entourage, aussi ne fut-elle pas surprise qu'une sensation de malaise lui serrât la gorge. Soudain, Domenico s'arrêta et regarda les deux jeunes gens.

– Une heure qu'on est là à rien faire, soupira-t-il en haussant les épaules. Le jour commence à décliner. Les plats destinés au souper d'Marie-Anne vont arriver des cuisines du Grand Commun, et il y aura ici tant d'agitation qu'on nous demandera de déguerpir. Le roi m'aura pas fait appeler et on aura pas pu embrasser Cendrène!

En guise de réponse, la porte s'ouvrit à la volée. Un valet maigre et pâle, à peine sorti de l'enfance, apparut.

– Cendrène vous fait dire qu'elle est occupée à soigner not' princesse. Vous fatiguez pas à l'attendre, elle reviendra point d'si tôt.

– Marie-Anne... euh... La princesse est malade? s'étrangla Fabio, livide.

Le Grand Diamant Bleu

– Dame, oui ! Mais pour l'heure, on peut pas dire d'quel mal elle souffre. Son médecin n'est point encore arrivé. Allez ! Filez tout d'suite si vous voulez pas manquer l'dernier coche pour Paris !

Le garçon tourna les talons et repartit en courant dans les couloirs de service, laissant la famille Morasse dans l'expectative. Angelina, Fabio et leur père se regardaient l'un l'autre, sans savoir quoi dire.

Après quelques instants, la porte s'ouvrit de nouveau. Mais doucement, cette fois. Alexandre Bontemps apparut, et demanda au miroitier de le suivre.

Lorsque Domenico pénétra dans le cabinet privé de Louis XIV, celui-ci se tenait assis derrière son bureau.

Le roi était observateur. Tout à l'heure, dans la Grande Galerie, outre ses mains pansées, il avait remarqué chez le Muranais, un réel changement de physionomie. Pour l'avoir rencontré à plusieurs reprises quelques mois auparavant, le souverain avait eu l'occasion d'admirer la carrure, la vitalité, l'assurance, en un mot, la belle santé de son miroitier. Mais, aujourd'hui, ce n'était plus le même homme qui se présentait devant lui. Amaigri, les épaules tombantes, les traits creusés, les yeux cernés à l'excès, le teint terne et jaune, Domenico n'était plus que l'ombre de lui-même.

À l'encontre de toutes les règles de l'Étiquette, Louis XIV lui proposa de s'asseoir. Après tout, il n'y avait aucun témoin et, quoi qu'il arrive, le roi n'agissait-il pas selon son bon plaisir ? ! Domenico ne se fit pas prier pour se poser dans le fauteuil qui lui tendait les bras.

– Ainsi, monsieur mon Premier Miroitier, vous souhaitiez me demander audience. Puis-je savoir pourquoi ?

– Sire, mon dévouement à vous servir est intact, mais j'ai peur d'avoir épuisé jusqu'à la dernière de mes forces. L'mal des miroirs me ronge et aura bientôt raison d'moi. À Murano, où on fabrique des glaces depuis toujours, on sait bien qu'les miroitiers vivent pas vieux.

— Que ressentez-vous, au juste ?
— Sire, j'répugne à dresser devant vous la liste des maux qui m'accablent.
— Je vous en prie, pourtant.
Domenico soupira, l'air abattu.
— Voyez mes mains, commença-t-il.
Il ôta la fine bande de coton qui enveloppait l'un de ses doigts et le pointa vers le souverain. Celui-ci se redressa et se pencha au-dessus de sa table de travail pour mieux voir.
La peau était enflée, rouge et crevassée par endroits, comme brûlée, et parsemée de pustules.
— L'mal s'arrête pas là, Majesté, il a déjà gagné les bras, jusqu'aux épaules, et s'propagera bientôt à la poitrine pour descendre ensuite sur le ventre. J'l'ai vu sur les verriers à Murano. En outre, j'manque d'attention dans mon travail, mes gestes sont moins précis, j'brise des glaces ou j'répands d'la pâte de verre, et j'me brûle souvent. Et puis, j'ai la sensation d'étouffer, l'air me manque, j'soupire sans cesse, j'tousse beaucoup, et il m'arrive même d'cracher un peu de sang.

La fièvre m'envahit régulièrement, j'dors très mal, j'suis nerveux et parfois même en colère, sans raison. Voilà, Sire, le joli portrait d'votre Premier Miroitier... J'vous l'ai brossé comme si vous étiez mon médecin.

– Parlons-en de votre médecin. L'avez-vous consulté ?

– Oui, Sire. Il m'a ordonné des potions à avaler lorsque la fièvre m'fait délirer, des onguents pour cicatriser les plaies d'mes mains, et des fumigations pour apaiser la toux.

– Êtes-vous satisfait de ses soins ?

– Ça m'soulage un peu, par moments.

– Aimeriez-vous que je vous envoie mon médecin, M. d'Aquin ? Il vous guérira sûrement.

– Permettez-moi d'en douter, Majesté. Vous savez qu'à Venise les miroirs étaient payables en or, uniquement, et faisaient la fortune d'la République. Les maîtres verriers étaient par conséquent des gens précieux, et à c'titre on leur prodiguait les meilleurs soins ! Les secrets d'fabrication qu'ils détenaient, et qu'ils mettaient avec tant d'talent au service de leur art, valaient bien cela. J'en ai vu défiler des médecins au chevet des ouvriers touchés par le mal des miroirs ! Aucun n'est parvenu à y remédier...

– Dans ce cas, que puis-je faire pour vous ? insista Louis XIV, sincèrement attristé.

– En demandant audience, j'avais en tête de solliciter d'Votre Majesté l'autorisation de m'retirer à la campagne avec ma famille. En Touraine, dans l'village qui a vu naître mon épouse. Là-bas, l'air est bon, la lumière douce, le climat agréable et la terre généreuse. J'pourrai y vivre le reste d'mon âge et attendre sereinement une fin qui, j'l'sais, n'est plus très loin.

Domenico avait précisé : « avec ma famille. »

Le souverain ne répondit pas tout de suite. L'air grave, il s'interrogeait... Dans l'esprit du miroitier, que signifiait « avec ma famille » ? Avait-il l'intention d'emmener la belle Angelina avec lui dans sa retraite provinciale ?

– Si je vous donnais mon assentiment, dit enfin le roi, que deviendraient les travaux que vous avez engagés sur la fabrication des *très grands miroirs* ?

— Marcellin Juguet et Fabio m'ont assisté dans cette entreprise, Sire. Leur pratique est telle qu'ils peuvent se passer d'moi. Ils savent comment couler les miroirs sur table. À titre d'expérience, quelques exemplaires ont déjà été réalisés. Avec succès! Bientôt, vous verrez au-dessus des cheminées d'vos appartements, des miroirs monter jusqu'au plafond, mais en deux ou trois morceaux seulement.

— Dans ce cas, je consens à votre départ pour la Touraine. Je n'ai qu'une exigence: vous resterez à la disposition de la manufacture, pour dispenser vos conseils à Marcellin et Fabio dès qu'ils en auront besoin. Rassurez-vous, vous n'aurez pas à revenir à Paris. Ce sont eux qui viendront à vous, aussi souvent que cela sera nécessaire. J'entends installer cette sorte de miroirs, au plus vite à Versailles. Dans votre campagne, vous garderez évidemment le titre de Premier Miroitier, et la pension de dix mille livres qui se rattache à cette charge. Pension que je vais augmenter de deux mille livres afin que vous puissiez parfaire l'éducation de vos deux filles en louant les services de précepteurs. Ainsi, elles n'auront pas besoin d'entrer au couvent pour s'instruire utilement.

Domenico se leva et s'inclina devant le roi.

– Je n'sais comment vous remercier, Votre Majesté, c'est trop d'honneur! Mais... en c'qui concerne Angelina, ma fille d'Italie, j'ai pas l'projet d'l'emmener avec moi. À son sujet, j'comptais solliciter une faveur supplémentaire...

Domenico savait que son état de santé lui laissait entrevoir un avenir funeste, aussi n'avait-il rien à perdre. Il avait demandé audience au roi avec des objectifs précis, et il formulait ses requêtes sans état d'âme, sans avoir aucunement l'impression d'abuser.

Louis XIV, quant à lui, affichait un léger sourire qui échappa au miroitier tant il était préoccupé par ce qu'il avait à dire.

– Laquelle? Parlez sans crainte, l'encouragea le roi.

– Certes, Angelina a vécu dans cette ville magnifique qu'est Venise, où elle raconte s'être si souvent promenée. Mais elle a habité toute sa jeunesse dans l'décor sordide d'la prison des Plombs. Et même si elle était confortablement installée chez l'gouverneur d'la prison et sa femme, une geôle reste une geôle, et c'est un environnement d'une grande tristesse pour une enfant. Après c'qu'elle a enduré, il me semble cruel d'vouloir maintenant l'isoler dans une province reculée.

Domenico prit une inspiration et continua :

– Sire, je suis soucieux du bien-être de ma fille, et d'son avenir. J'aimerais tant qu'elle puisse demeurer auprès de Cendrène, qui sert depuis toujours Mme la princesse de Conti. Angelina est courageuse. Si vous aviez la bonté d'lui offrir une place de domestique, j'suis certain qu'elle remplirait son office avec application et dévouement.

Le roi se leva et fit quelques pas. Il se frottait le menton et affichait une moue dubitative

– Monsieur Morasse, vous avez retrouvé votre fille il y a tout juste trois mois, après en avoir été privé depuis sa naissance, c'est-à-dire pendant dix-sept ans. Et déjà, vous acceptez de vous séparer d'elle. Il y a, dans cette démarche, quelque chose qui m'échappe.

Domenico soupira, l'air accablé :

— Hélas ! J'crois qu'Angelina a bien peu d'affection pour votre serviteur... D'ailleurs, comment pourrait-elle m'aimer ? Il n'y a pas si longtemps, elle ignorait tout d'moi. Elle soupçonnait même pas mon existence. Elle avait un père adoptif, et n'ayant jamais été éclairée sur ses propres origines, elle croyait, en toute logique, qu'cet homme-là était son véritable père. Maintenant, elle m'en veut. Elle soutient qu'une lettre m'a été envoyée pour m'informer d'la disparition d'sa mère, et m'demander d'venir chercher la petite à Venise. Majesté, j'puis vous jurer qu'j'ai jamais vu cette lettre ! Me croyez-vous ?

— Je vous crois.

— La seule chose qu'j'ai reçue, continua le miroitier, était un pli m'annonçant la mort d'ma femme, Luciana, et d'ma fille. J'ai failli périr de douleur ! Mais, Angelina refuse de l'entendre. Elle est convaincue que j'l'ai lâchement abandonnée à Venise, au profit des miroirs que j'fabriquais pour vous et des bénéfices que j'pouvais en tirer. Elle m'reproche d'l'avoir mise en balance avec quelques écus... Alors, depuis qu'elle est arrivée à la manufacture, elle me parle peu et s'montre distante. Voilà pourquoi, j'pense qu'elle sera point attristée lorsque j'lui annoncerai mon départ en Touraine.

— L'affaire est entendue, trancha le roi. Ma fille Marie-Anne est entichée de tout ce qui touche à l'Italie, et à Venise, en particulier. Elle adore parler italien, et elle sera ravie d'avoir à son service une jeune femme de chambre avec qui elle pourra deviser dans cette si jolie langue. Soyez rassuré, mon cher, et partez en Touraine le cœur aussi léger que possible. Les gens de la princesse de Conti sont bien traités. Angelina sera logée, nourrie, vêtue, et elle recevra des gages.

Le roi jubilait intérieurement. La belle Angelina allait s'installer chez Marie-Anne, et il pourrait la voir tous les jours...

5

Domenico rejoignit ses enfants chez Marie-Anne. Ils se trouvaient toujours à l'office où des valets et des servantes entraient et sortaient avec empressement. On avait apporté d'autres bougeoirs, et des braises rougeoyaient dans la cheminée. Mais aucun plat n'avait encore été livré du Grand Commun.

– Restons pas ici, lança-t-il. Il est tard, et nous allons manquer l'dernier coche pour Paris. J'aime pas rouler entre chien et loup.

– Entre deux chiens-loups? s'exclama Angelina surprise. Pourquoi devons-nous rentrer à la maison entre deux chiens-loups?

Domenico et Fabio se regardèrent, amusés par cette répartie. Mais, bien qu'ils en eussent très envie, ils se gardèrent de rire pour ne pas vexer Angelina.

– Ma chère sœur, nous ne voyagerons pas entre deux chiens-loups, expliqua Fabio. «Entre chien et loup» est une expression qui signifie : le jour décline, la nuit est proche. Père aurait pu dire : «j'aime pas rouler au crépuscule.» Le moment où les choses deviennent moins distinctes. L'heure à laquelle on ne reconnaîtrait pas un loup d'un chien, parce qu'on n'y voit plus très clair. Tu comprends ?

– Oui. Je tâcherai de m'en souvenir !

– Allons, en route ! conclut Domenico.

Il n'ignorait pas que Fabio aurait volontiers passé la nuit sur place, quitte à coucher à même le sol, pour être parmi les premiers à avoir des nouvelles de Marie-Anne, le lendemain matin.

À contrecœur, le jeune homme suivit son père et sa sœur. Ils refermèrent la porte de l'office derrière eux et s'engagèrent dans l'escalier de service.

Le Grand Diamant Bleu

Au rez-de-chaussée, une porte vitrée s'ouvrait sur une cour carrée que quatre torches, chacune placée sur une façade, illuminaient d'une lumière rousse et dansante. Là, des domestiques vaquaient à leurs occupations.

L'air était glacial, et il avait plu une heure auparavant. À l'idée de traverser la Cour Royale et la place d'Armes, battues par un vent froid et humide, Angelina frissonna. Elle jeta un coup d'œil au ciel encore clair et s'enroula avec application dans l'épais tissu de sa cape. La tête protégée par sa capuche, elle se décida enfin à rejoindre Domenico et Fabio qui se trouvaient déjà à l'extérieur. À peine Angelina eut-elle posé un pied sur les pavés qu'elle entendit des cris suivis de bruits de pas précipités.

– Place ! Place !

Quatre laquais arrivèrent en courant, portant une civière sur laquelle un corps était allongé. Alertés par le vacarme, les serviteurs s'étaient regroupés. Ceux qui travaillaient à l'étage ouvrirent les fenêtres pour s'y pencher et voir de quoi il s'agissait. Un murmure, ponctué d'exclamations, parcourut l'assemblée lorsque les quatre hommes posèrent leur fardeau sur le froid dallage de pierre.

– C'est Léonie ! lança l'un d'eux. On l'a repêchée dans le bassin de Neptune. La malheureuse s'est noyée. Quelle misère ! Elle venait juste d'avoir dix-sept ans. La princesse l'aimait bien. Elle sera triste quand on lui annoncera qu'elle a perdu une servante dévouée.

Un cercle silencieux se forma autour du corps de la jeune fille, que les laquais avaient pris soin de recouvrir d'une toile grossière. Les ombres, allongées par l'éclairage de la flamme des torches, enveloppaient la morte d'une obscurité pesante.

Soudain, des images de la prison où elle avait grandi défilèrent dans l'esprit d'Angelina. Elle en avait vu des hommes estropiés, malades, agonisants, et des morts aussi ! En grand nombre... Ces visions lui fendaient le cœur, et en même temps la fascinaient. Elle s'approcha lentement et s'agenouilla près de la défunte.

Le Grand Diamant Bleu

Médusés par ce qui venait de se produire, les domestiques regardèrent Angelina, cette jeune inconnue, qui soulevait délicatement la toile de jute et découvrait le visage violacé de Léonie.

Avec beaucoup de douceur, elle prit les mains de la morte pour les placer sur la poitrine, les doigts entrelacés.

Dans la main droite de Léonie, Angelina trouva un objet rond. Un miroir... tout petit et cerclé de plomb. Elle s'en saisit et vit qu'il présentait une cassure en son milieu, le partageant en deux parties égales. Elle le rangea dans une poche de sa jupe, avec l'intention de le remettre à Cendrène qui le donnerait à la personne la plus proche de Léonie. Bouleversée, Angelina courut se blottir dans les bras de Fabio.

Domenico afficha une moue de dépit. Il aurait aimé que, dans un geste spontané, sa fille vienne se réfugier contre lui. Il vérifiait avec amertume ce qu'il venait d'exposer au roi quelques minutes plus tôt. Angelina ne l'aimait guère, et lui préférait son demi-frère, sur l'épaule de qui elle versait à présent quelques larmes.

Pour faire diversion à son sentiment de déception, et aussi à l'émotion que suscitait la mort de la servante, le Muranais soupira en frottant ses mains l'une contre l'autre. Il considéra un instant les pansements tachés de sang qui enveloppaient ses doigts. Des fragments de la conversation qu'il venait d'avoir avec Louis XIV lui revenaient en mémoire... Il était heureux de quitter Paris, la manufacture et les intrigues de la cour de Versailles. Avec l'énorme pension que le souverain avait la bonté de lui octroyer, il vivrait serein en Touraine, en compagnie d'Émilie et Valentine. Peut-être même vivrait-il un peu plus longtemps que ne lui laissait espérer le mal des miroirs.

– Allons-nous-en, il est grand temps, lança-t-il à ses enfants.

Mais, ils n'étaient plus à côté de lui. Il les chercha des yeux et les aperçut près d'une porte située en dessous d'une torche. Tous deux profitaient de la clarté qu'elle dispensait pour observer quelque chose que Domenico ne pouvait distinguer de là où il était. Il se rapprocha d'eux. Le visage d'Angelina était figé, et l'effroi se lisait dans son regard. Fabio, avait la mine sombre des mauvais jours.

– Que se passe-t-il ? les interrogea Domenico, inquiet.

– Le petit miroir de la noyée... Il est... Comment dire ?... Il est...

Fabio prit le bras de Domenico pour l'entraîner à l'écart, hors de portée des oreilles d'Angelina.

– Il est ensorcelé, père, lâcha enfin Fabio. Ma figure y est apparue de profil, et les yeux d'Angelina sont devenus vairons, l'un vert et l'autre noisette. Heureusement, dès qu'elle a détourné le regard du miroir, ses prunelles ont repris leur azur habituel. Il n'empêche que ma sœur est affolée. Nous devons lui révéler toute l'affaire. Elle est sensible, certes, mais les moments terribles qu'elle a vécus dans cette prison où elle a passé sa jeunesse lui ont permis d'acquérir une grande force de caractère. Je suis persuadé qu'elle est capable d'entendre la terrible histoire de votre vengeance et de la malédiction des miroirs.

— Le passé ressurgirait-il une fois encore ? murmura Domenico d'une voix soucieuse.

— Je le crains.

— Mon garçon, crois-tu que la mort de cette malheureuse Léonie a quelque chose à voir avec les miroirs maudits ?

— Oui, père. Je suis marqué par cette diablerie, et ce que j'ai ressenti tout à l'heure en voyant mon reflet dans la glace ne me laisse pas de doute.

Le miroitier baissa la tête et soupira :

— Cette malédiction ne finira-t-elle donc jamais ?

6

– Madame, que fait votre médecin personnel au chevet de ma fille ? demanda le roi à voix basse, en entrant dans l'appartement de Marie-Anne.

Françoise de Maintenon soutint le regard de son époux, et s'expliqua :

– Vous n'ignorez point, Louis, que d'Aquin, votre Premier Médecin qui officie également auprès de vos enfants, ne m'inspire pas confiance. Aussi me suis-je autorisée à conduire M. Fagon jusqu'à Marie-Anne afin qu'il nous donne son avis et de précieux conseils.

Les yeux du roi étincelaient de colère.

– M. d'Aquin me soigne bien, madame, et depuis longtemps. De quoi vous mêlez-vous ?

– De ce qui me regarde en tant que votre épouse, Sire. Pour vous plaire, et par affection pour Marie-Anne, il m'importe de prendre soin d'elle. N'est-elle pas la personne que vous aimez le plus au monde ? Et veuillez, je vous prie, admettre une bonne fois pour toutes que M. Fagon me soigne fort bien également.

– Que dit-il de l'état de Marie-Anne ?

– Je n'en sais rien encore. Demandez-le-lui vous-même. Le voici qui arrive.

Louis XIV se retourna vers la porte ouverte de la chambre de Marie-Anne. À cet instant, le médecin pénétra dans l'antichambre où se tenaient le roi et Mme de Maintenon. Il s'inclina devant le souverain non sans avoir remarqué sa mine revêche, qu'il mit sur le compte de l'inquiétude.

– Eh bien, monsieur, de quel mal souffre ma fille ?

– Hélas, Sire, il semble que madame la princesse ait contracté la petite vérole.

— La petite vérole, dites-vous ?! Voilà bien de la haute fantaisie ! Marie-Anne y a survécu lorsqu'elle était enfant. Et chacun sait que l'on ne peut en être atteint deux fois de suite.

— Il est fort possible que, durant sa jeunesse, madame la princesse ait enduré une quelconque maladie pustulaire. Certains symptômes offrent des similitudes avec la petite vérole. Mais je puis vous assurer que c'est de cela dont elle est victime aujourd'hui.

— En êtes-vous certain ?

— Absolument, Majesté. La petite vérole laisse sur les visages, des traces indélébiles. Or, jusqu'à aujourd'hui, madame la princesse avait une peau fraîche et satinée sans la moindre imperfection. Pensez-vous qu'il aurait pu en être ainsi si la maladie l'avait déjà visitée ? Certainement pas. Son visage serait plus ou moins criblé de cicatrices. Voilà ce qui l'attend lorsqu'elle se relèvera de son mal.

— Si toutefois elle en réchappe, murmura le roi en s'asseyant dans un fauteuil, l'air consterné. Est-elle gravement touchée ?

— Malheureusement, oui. Des plaques rouges sont apparues sur son visage, et elle tremble de fièvre. Si vous m'autorisez à travailler de concert avec M. d'Aquin, il me paraît possible de la sauver en pratiquant des saignées et en lui faisant absorber du quinquina.

— Va pour les saignées. On ne peut guère y échapper en pareil cas. Toutefois, j'y mets une condition : qu'elles soient faites à propos et avec parcimonie. Marie-Anne les craint au plus haut point. Quant au quinquina, M. d'Aquin le juge mauvais et ne veut pas en entendre parler. Et vous, vous m'en parlez comme d'un remède salvateur !

— Je n'en connais point de meilleur, affirma Fagon. Il fait tomber la fièvre et restaure les forces vives du malade.

Le silence s'installa dans l'antichambre. Ni la Maintenon ni le médecin n'osaient plus prononcer une parole. Tous deux attendaient que tombe le verdict.

Le Grand Diamant Bleu

— Fort bien, trancha le roi. Vous officierez avec d'Aquin. Je lui parlerai. Il sera froissé de cette espèce d'arrangement, mais je lui ferai entendre raison.

— Rien de plus facile, Sire, intervint Mme de Maintenon, un demi-sourire aux lèvres. Une faveur de votre part envers lui-même ou quelqu'un de sa famille, une pension ou une charge flattera son esprit courtisan, et comblera son constant désir de s'enrichir. Ce geste le rendra docile à toutes vos demandes.

Le souverain lança un regard sévère à son épouse, puis il se leva en déclarant :

— Je vais aller embrasser ma chère fille, et me tenir à son chevet un moment pour lui faire la lecture.

Fagon tressaillit, et, dans une sorte de réflexe, il fit un pas pour se placer devant la porte de la chambre.

— Permettez-moi de vous l'interdire, Majesté.

Louis XIV foudroya du regard le médecin. Celui-ci baissa les yeux et ajouta d'une voix calme :

— La petite vérole est une affection extrêmement contagieuse. Mes mises en garde n'ont pu empêcher M. le prince de Conti, l'époux de madame la princesse, de demeurer à ses côtés. Mais en ce qui vous concerne, disons que... je tiens à conserver son roi à la France.

— J'ai été frappé par cette maladie, monsieur. J'avais neuf ans, alors. Voyez les cicatrices sur mes joues. Le temps les a certes atténuées, et le fard les estompe à merveille. Pourtant, elles sont bel et bien là. Allons ! Je ne crains plus rien. Laissez-moi passer.

Fagon fit un pas de côté pour libérer le passage, et avec Mme de Maintenon, ils s'inclinèrent devant le roi. L'air infiniment digne, celui-ci pénétra dans la chambre de Marie-Anne.

Il y faisait sombre, et très chaud. L'atmosphère était quelque peu enfumée à cause des bûches qui flambaient dans la cheminée, des fumigations à base d'herbes, et des pastilles de senteur que l'on faisait brûler sans cesse pour assainir l'air. Les femmes de chambre s'affairaient en silence, évoluant pareilles à des ombres.

Le souverain aperçut, assis dans un fauteuil, un peu en retrait, le jeune Louis-Armand de Conti qui se tenait la tête entre les mains, et pleurait doucement sur le sort de sa jeune femme.

— Monsieur, lui chuchota-t-il, avez-vous déjà contracté la petite vérole ?

Louis-Armand tourna vers son royal beau-père, un visage inondé de larmes, renifla bruyamment et s'essuya le nez du revers de ses manchettes en point de France[1].

— Pas encore, Sire.

— Alors, vous risquez de tomber malade. Sortez d'ici sur-le-champ !

— Jamais ! lança le prince en toisant Louis XIV de ses yeux rougis. Je préfère tomber malade plutôt que d'abandonner ma tourterelle, seule à ses souffrances.

— Comme il vous plaira, mon jeune ami, vous voilà prévenu des risques que vous encourez...

Le prince de Conti n'eut pas d'autre réaction que de renifler de plus belle. Le roi leva les yeux au ciel, puis il s'approcha du lit où sa fille reposait,

---
1. Dentelle.

bien calée sur d'épais oreillers de plume, les cheveux ramassés sous un bonnet. Sa figure écarlate et bouffie était entourée de la profusion des dentelles du bonnet, de sa chemise, des taies d'oreillers et même des draps.

La malheureuse jeune femme balançait sa tête à droite puis à gauche en gémissant. Sa respiration était irrégulière et semblait difficile. La sueur trempait son front, ses joues et son cou.

Il lui prit la main.

– Oh, mon papa, vous êtes là, murmura-t-elle. Si vous saviez comme j'ai peur de mourir. Mais je préfère encore cette funeste perspective... plutôt que d'être livrée à vos esculapes[2] et leurs lancettes.

– N'ayez crainte, ma belle enfant. Je viens de m'entretenir avec mes médecins, et tout se passera bien. Je vous en conjure, soyez patiente et conciliante avec eux. Connaissant votre répulsion pour les saignées, je leur ai demandé de ne point vous

---

2. Médecins.

en imposer qui ne soient absolument nécessaires. Obéissez-leur, vous vous en trouverez bien.

Marie-Anne haussa mollement les épaules.

– Dans l'état où je suis, je n'ai guère d'autre choix que de m'en remettre à leur barbarie...

À bout d'arguments, le roi préféra changer de conversation.

– Pour vous apaiser, je vais vous chanter une berceuse de ma composition en m'accompagnant à la guitare. Et, je vous annonce que, dès votre guérison, qui ne saurait tarder, vous découvrirez une surprise que je vous prépare.

– Lorsqu'on est comme moi aux portes de la mort, il me paraît incertain de remettre les surprises à plus tard. Mon papa, dites-moi...

Louis XIV estima que, hélas, la princesse voyait peut-être juste.

– Je vous sais impatiente et curieuse, ma fille, vous l'avez d'ailleurs toujours été! se força-t-il à plaisanter. Mon souhait le plus cher étant de vous faire plaisir, je vais donc vous révéler de quoi, ou plutôt de qui, il s'agit. Vous aurez très bientôt une nouvelle lectrice italienne qui nous arrive tout droit de Venise. Elle vous tiendra compagnie et saura vous divertir pendant votre convalescence.

— Comment se nomme-t-elle ?

— Angelina.

— Angelina ? Venise ? Serait-ce la sœur de Fabio Morasse que nous avons vue tout à l'heure dans la Grande Galerie ?

— En effet.

— Alors, je ferai en sorte de vivre. Il me plairait de la connaître.

7

Domenico tendit son assiette à Émilie pour qu'elle la remplisse une nouvelle fois de soupe de pois cassés à l'ail et au lard. Il regarda son épouse et la trouva plus détendue qu'à l'accoutumée. Sans doute, la perspective de retourner vivre en Touraine n'était-elle pas étrangère au léger sourire qui flottait sur son visage. Mais ce sourire n'allait-il pas s'éteindre lorsqu'il raconterait l'histoire de sa vengeance à Angelina ?

Émilie détestait entendre parler de la malédiction des miroirs... Mais, Domenico avait juré à Fabio qu'il parlerait à Angelina, dès leur arrivée.

Les Miroirs du Palais

Il était déjà tard quand ils avaient franchi le porche de la manufacture. Mais le miroitier entendait tenir parole. Son devoir de père consistait à rassurer Angelina, profondément ébranlée depuis qu'elle avait vu ses yeux changer de couleur dans le miroir de Léonie. La conversation les emmènerait sans doute loin dans la nuit, peut-être même jusqu'au petit matin. À coup sûr, Angelina poserait une foule de questions.

L'air absent, elle était assise à table, dans la grande cuisine de la manufacture, à côté de Valentine qu'elle se plaisait à appeler «ma petite sœur» bien qu'elles n'eussent que quelques mois de différence. Elle fixait désormais le bout de sa cuillère qu'elle promenait machinalement dans son assiette de potage.

Absorbée par ses pensées tourangelles, Émilie semblait ne rien avoir remarqué. En revanche, Valentine observait Angelina...

Domenico avait pris une décision : il n'était pas question que la discussion se tienne en présence de

Valentine qui ignorait tout de l'affaire des miroirs ensorcelés.

— Ma chérie, lui dit-il, si t'as terminé ton souper, il est grand temps qu'tu regagnes ta chambre.

— Si vous le permettez, père, j'irai me coucher en même temps qu'Angelina.

— Ta sœur te rejoindra tout à l'heure. J'ai à lui parler d'choses importantes.

Valentine parut contrariée, à plus d'un titre... La curiosité ne manquerait pas de la tenailler, et de l'empêcher de trouver le sommeil ! Quelles pouvaient être ces « choses importantes » qu'on entendait lui cacher ? Et son dessert, qu'elle n'avait pas encore dégusté ! Le regard plein de reproches pour son père, elle se leva et alla se tailler une belle part de tourte à la farine de châtaigne, au miel et au caillé de brebis. C'était la spécialité d'Émilie ! Elle en préparait assez souvent pour la plus grande joie de Fabio et Valentine à qui ce délice rappelait leurs années d'enfance passées à la manufacture de Tourlaville.

— Je peux l'emporter avec moi ? lança-t-elle d'un air de défi.

— Bien sûr, ma douce, lui répondit Émilie, en l'embrassant tendrement.

Valentine empoigna une cuillère, jeta un dernier regard à la tablée, et disparut dans l'escalier qui menait aux chambres sous les toits.

Angelina leva ses beaux yeux bleus vers son père, et le fixa.

— Ma fille, commença Domenico, tu nous as conté l'histoire d'ta jeunesse à Venise. Mais d'mon côté, j't'ai pas tout dit sur ma vie depuis qu'j'ai quitté l'île de Murano, il y a dix-huit ans. Je sais qu'tu m'en veux d'être parti pour travailler au service du roi d'France. Tu penses que j'vous ai abandonnées, toi et ta mère. Et chaque jour que Dieu fait, ton regard se charge de m'faire ressouvenir de ta rancœur à mon égard.

Angelina était pâle. Elle baissa la tête et s'abîma dans la contemplation de son assiette de soupe qui refroidissait.

– À la lumière des évènements dramatiques qui se sont déroulés tout à l'heure à Versailles, j'te dois des explications. Principalement sur c'que t'as vu dans l'miroir d'la défunte Léonie.

Émilie déposa sur la table la tourte entamée par Valentine, puis vint s'asseoir sur le banc, à côté de Domenico. Ce que le miroitier craignait venait de se produire : Émilie avait blêmi, et son sourire avait disparu.

Elle et Fabio assistaient au tête-à-tête qui s'était installé entre Angelina et son père.

Domenico poursuivit :

– Un beau jour, on a vu débarquer à Murano, les envoyés d'Louis XIV et d'Colbert. Ils avaient pour mission d'recruter des verriers dans l'but de créer une manufacture de glaces à miroirs, en France, dans un faubourg de Paris : ici même, à Reuilly. Ça pour sûr, ils payaient grassement ! Alors, comme tu venais d'naître et qu'Luciana, ta pauvre mère, malgré sa grande beauté, était d'santé délicate, j'ai accepté d'quitter Murano pour Paris. J'ai pensé qu'un séjour de quelques mois en France m'ferait gagner une coquette somme et nous mettrait à l'abri du besoin pour d'nombreuses années. Nous étions quatre à partir : Giulio, Pasquale, Giovanni et moi. En contrepartie, Colbert nous a fait l'serment qu'notre famille serait protégée, et nous aussi. Mais, tu sais qu'le doge plaisante pas avec les miroitiers qui filent à l'étranger. Nous autres, les verriers, on avait juré sur la Sainte Bible de jamais donner la composition d'la pâte de verre. On a tenu promesse. Mais le doge faisait confiance à personne, et, soi-disant pour m'faire revenir à Murano, il vous a envoyées en prison, ta mère et toi. J'en ai rien su. Jusqu'au jour où j'ai reçu la lettre...

– Celle que ma mère adoptive vous a envoyée, père, pour vous demander de venir me chercher...

Domenico ferma les yeux et serra les dents, avant de répondre :

– Angelina, combien d'fois faudra-t-il te répéter qu'cette femme m'a jamais écrit ? Jamais ! Le seul pli qu'on m'a remis est celui d'Marco Antonio

Giustiniani, l'ambassadeur de Venise à Paris. Il m'annonçait votre mort à toutes les deux. J'ai failli périr de chagrin. Tu peux demander à Marcellin, Pasquale et Giovanni. Ils étaient là quand ça s'est passé ! S'ils ne m'avaient pas retenu, je m'serais jeté la tête la première dans un four.

Angelina avait relevé le nez. Elle semblait de plus en plus attentive, et se redressait au fur et à mesure que Domenico déroulait son histoire. À l'inverse, Émilie se tassait sur elle-même, son doux regard bleu-vert empreint d'une tristesse infinie.

– La suite est simple, continua le miroitier. J'avais été trahi, et par le doge, et par le roi d'France. Le doge vous avait impitoyablement condamnées, et Louis XIV, quant à lui, n'avait point assuré votre sécurité, pas plus qu'il s'est préoccupé d'celle des miroitiers, une fois rendus à Paris. Il nous l'avait pourtant promis. Un des nôtres, l'malheureux Giulio, a été empoisonné sur ordre d'la Sérénissime ! Alors, j'ai fait l'serment d'me venger. De vous venger !

— Quelle forme a pris votre vengeance ?

— La sorcellerie, ma fille. Aussi étrange que cela puisse paraître, moi qui ai toujours eu l'âme chevillée au corps et les pieds bien ancrés dans la réalité, j'm'en suis remis à une sorcière ! Oh, pas n'importe laquelle, tu peux m'croire ! J'ai choisi la meilleure du royaume ! Catherine Monvoisin, dite la Voisin. À Paris, les jeteurs de sort et les diseuses de bonne aventure tiennent commerce comme n'importe quel boutiquier vendant des étoffes, des bougies ou du savon. Je m'suis donc rendu chez la Voisin, dans sa baraque du pont Marie. Son idée a été d'réunir nos talents... enfin, si j'puis dire. Elle a fourni l'philtre maléfique, et moi, les miroirs.

— Un philtre maléfique ? Cela existe vraiment ? s'étonna Angelina.

— Malheureusement, oui. Nous en avons encore eu la preuve ce soir, ma chère fille. C'est cette potion du diable qui est responsable d'la noyade de Léonie, et de c'que t'as pu voir dans son miroir.

Le Grand Diamant Bleu

– Comment est-ce possible ? Quel rapport y a-t-il entre cette mixture, les miroirs et la mort de la servante ? Je ne comprends rien...

– Avant toute chose il faut qu'tu sois rassurée. C'est pas d'ta faute, c'que tu as vu dans l'miroir d'la pauvre Léonie. T'as rien fait d'mal. T'es ni maudite ni ensorcelée. C'est l'miroir qui l'est. Oui, l'miroir de Léonie est un morceau d'miroir ensorcelé. Reste à savoir comment il est arrivé entre ses mains... Si rond, si bien cerclé d'plomb... Je m'demande qui peut faire commerce de cette engeance ? Un jour, on trouvera sûrement la réponse à ces questions, mais en attendant j'vais t'expliquer comment nous en sommes arrivés là.

Le Muranais se tut quelques instants, le temps de mettre un peu d'ordre dans ses pensées. Puis, il reprit son récit :

– Au temps d'la création de la manufacture, en 1666, le roi avait tenu à visiter les ateliers, et j'avais fabriqué une glace devant lui. Enchanté de tout c'qu'il avait vu, il m'avait passé commande d'une

Les Miroirs du Palais

douzaine de miroirs, pour faire aménager un «salon de lumière» dans les appartements d'sa favorite, la jeune Louise de La Vallière. Ces miroirs ont été ma vengeance...

– Mais Louise ne vous avait rien fait! s'insurgea Angelina.

– Certes. Et pourtant, la malheureuse a beaucoup souffert.

– C'est indigne de vous!

– J'l'ai compris, mais trop tard. L'mal était fait. Sur l'instant, fou de douleur, j'pensais qu'à ma vengeance, quel qu'en soit l'prix à payer pour les victimes. J'voulais atteindre le roi et le doge, mais sans les tuer. Seulement les faire souffrir autant qu'je souffrais d'vous avoir perdues. Dans l'cas de Louis XIV, j'devais m'en prendre à la personne qu'il aimait l'plus au monde, après lui naturellement, c'est-à-dire Louise de La Vallière. Alors, j'ai frotté les douze miroirs d'la favorite avec le philtre qu'm'avait vendu la Voisin.

– Que s'est-il passé, ensuite?

– La sorcière avait prévenu : «... Tous les malheureux à l'esprit fragile qui se regarderont dans ces glaces maléfiques seront atteints. Leurs pires cauchemars, leurs peurs viscérales deviendront réalité et, s'ils ont un avenir funeste, ils le verront... »

– Louise de La Vallière avait-elle l'esprit fragile ?

– Hélas, oui ! intervint Émilie, des sanglots dans la voix. Comment pouvait-il en être autrement de la part d'une femme telle que Louise, douce, sensible, tendre, fine, droite et parfaitement désintéressée. Je la connais bien, nous avons été élevées ensemble, en Touraine. Ça oui, pour sûr, elle est fragile ! C'est même à se demander où elle a puisé assez de force pour demeurer à la cour de Versailles, cette fosse aux lions, et parvenir à y survivre tout le temps qu'a duré sa faveur.

– Mais il y a pas qu'elle qu'a été touchée par la malédiction des miroirs, reprit Domenico. Là encore, la Voisin avait vu juste : « Attention, m'avait-elle dit, ce sortilège est très puissant, il risque d'éclabousser d'autres gens, qui ne sont pas concernés

Les Miroirs du Palais

par ta vindicte... » Et en effet, la première victime fut l'ouvrier chargé d'poser les miroirs. Il y aura vu quelque horreur quant à sa vie, et il s'est fracassé l'crâne en tombant d'l'échafaudage sur lequel il était juché pour effectuer son ouvrage. Et puis, ce fut l'tour de Louise. On ignore c'que les glaces ensorcelées lui ont montré. Seule Cendrène le sait. Louise s'était confiée à elle.

— Ma sœur, qui a un sens aigu du devoir, a toujours refusé d'en parler. Même à nous, intervint Émilie, un brin de dépit dans la voix.

— Et après ? demanda Angelina.

— Louise a jamais rien dit au roi d'toute cette affaire, continua Domenico. Les glaces ont été finalement installées dans son salon, où d'nombreuses dames de la cour, dont la reine Marie-Thérèse, sont venues les admirer. Beaucoup d'entre elles ont eu à pâtir d'cette visite apparemment anodine... Mais très vite, Louise, qui fuyait son salon d'lumière comme la peste, a fait déposer et mettre en caisse les miroirs, avant d'les envoyer croupir au Garde-Meuble royal.

Le souverain s'est même pas offusqué d'une preuve aussi évidente de dédain à l'égard d'un cadeau si coûteux.

Angelina était de plus en plus impatiente d'en apprendre davantage.

– À quelque temps de là, Henriette, la belle-sœur de Louis XIV fut envoyée en Angleterre pour y mener une négociation diplomatique. Sa mission fut couronnée d'succès, et pour la récompenser, le souverain lui offrit la caisse de miroirs. Elle les fit installer sans attendre dans ses appartements, et mourut peu d'temps après. Empoisonnée ou d'mort naturelle, on a pas encore démêlé la pelote, le doute subsiste... L'appartement d'Henriette a été démeublé, et les glaces ont été à nouveau remisées au Garde-Meuble royal. Bien des années plus tard, Louis XIV a ordonné qu'on aille les y chercher, au moment d'la construction d'la Grande Galerie. Il souhaitait faire un essai d'miroirs dans une des arcades, face à une fenêtre. Les miroirs ensorcelés s'trouvaient ainsi, une fois d'plus, à la portée d'nombreux regards...

– Ensuite ?
– La suite, c'est Fabio qui en a été l'un des principaux acteurs. C'est lui qui va t'la raconter !

8

L'air interrogateur, Angelina se tourna vers son frère assis à côté d'elle.

Fabio, bouche bée, était incapable d'émettre un son. Il ne s'attendait pas à devoir reprendre le récit entamé par son père. Mais après quelques instants de réflexion, il accepta. Après tout, il avait vécu les évènements de plus près que n'importe qui.

– Les douze miroirs ensorcelés..., commença-t-il, presque à voix basse. Je les ai vus pendant les travaux de la Grande Galerie. Au cours d'une soirée d'Appartement, Marie-Anne, euh... je veux dire, la princesse de Conti et moi nous étions échappés pour aller découvrir le grand dessein de son père, le roi. Cette allée de lumière qu'il entendait faire admirer à toute l'Europe, et qui assurerait le rayonnement de son règne dans le monde entier.

— Toi aussi, tu as vu des choses horribles dans les miroirs ? Toi aussi, tu as l'esprit fragile ? fit Angelina alarmée.

Fabio baissa la tête et soupira longuement en fermant les yeux. Oh oui, il avait l'esprit fragile ! Et beaucoup plus fragile que tous ceux qui l'entouraient pouvaient se l'imaginer... L'angoisse lui serra la gorge et la poitrine. Il avait chaud. Les discours n'étaient pas son fort, et cette maudite histoire des miroirs l'affectait trop pour qu'il puisse en dire davantage. Il se leva et fit comme Valentine : il se coupa une part de tourte qu'il fit glisser dans son assiette, empoigna une cuillère et disparut dans l'escalier en direction des chambres. Son visage était si fermé, si pâle, et son regard si farouche que personne n'osa prononcer une parole.

Le Grand Diamant Bleu

— Je lui ai fait de la peine en lui demandant s'il avait l'esprit fragile ? culpabilisa Angelina. C'est cela ?

— Non, t'inquiète pas, la rassura son père. T'as rien dit d'mal. C'est juste que Fabio est très marqué par cette malédiction. Lorsqu'il était tout petit, à la glacerie de Tourlaville où nous vivions, il a fouillé dans une malle et il a trouvé la fiole de philtre maléfique. J'avais eu la mauvaise idée d'la conserver. Il a bu les quelques gouttes qu'elle contenait encore. Il a été très malade et a failli en mourir. Il avait quatre ans, l'âge où les enfançons commencent à bien parler, mais à partir de c'moment-là, il a plus dit un mot. Il écoutait seulement. Il était solitaire. On savait pas où il allait, mais on l'voyait pas d'la journée. Et surtout, il a carrément refusé d'apprendre le métier d'miroitier. Il évitait les ateliers comme s'il fuyait les Enfers.

— On s'en est fait du souci pour lui, précisa Émilie d'une toute petite voix mêlée de larmes.

— Après toute ces années, la première personne capable d'l'arracher à son silence, a été Marie-Anne, l'an dernier, reprit Domenico. C'est dire si ton frère parle depuis peu !

Angelina écarquilla les yeux. Fabio s'exprimait si clairement, avec un langage choisi et d'une voix si agréable, qu'en effet on avait peine à croire qu'il n'avait pas émis un son depuis sa tendre enfance.

Le Muranais poursuivit :

– Émilie, Valentine et moi, on a passé dix-sept ans à Tourlaville. Fabio est né deux ans après notre arrivée là-bas. Il avait quinze ans quand il a fallu revenir à Paris pour travailler à la construction d'la Grande Galerie. C'est là qu'il s'est produit cette chose incroyable...

– Laquelle ? souffla Angelina, au comble de la curiosité.

– La princesse de Conti avait remarqué que Fabio était l'sosie d'son jeune frère, l'comte de Vermandois, âgé d'seize ans. C'malheureux jeune homme venait d'mourir d'une fièvre maligne au siège de Courtrai, dans les Flandres. Alors, elle et le roi ont eu une idée diabolique... Faire jouer à Fabio le rôle du comte de

Le Grand Diamant Bleu

Vermandois afin de dissimuler son trépas à sa mère, l'infortunée Louise de La Vallière, recluse au grand Carmel d'la rue Saint-Jacques.

— Je t'avais prévenu. C'était une folie! lança Émilie d'une voix pleine de reproche, en regardant son mari. Mais quand le roi t'a convoqué, tu as accepté quand même!

— J'aurais voulu t'y voir! se défendit le miroitier. C'est difficile d'refuser quand Louis XIV en personne te dit en t'regardant droit dans les yeux: «Ce qu'il me faut maintenant, monsieur Morasse, c'est votre assentiment...» Parce que ça, tu vois, c'est pas une demande, c'est un ordre! Et puis, tu sais très bien pourquoi j'ai obéi! Ma vengeance avait fait souffrir Louise, et j'm'en voulais. Alors, j'ai accepté cette mystification pour rattraper un peu l'malheur que j'lui avais causé. Cette mise en scène était censée la protéger d'un grand chagrin.

— Quelle histoire compliquée! soupira Angelina.

— Et t'as pas encore tout entendu, ma chérie, ajouta son père. Revenons aux miroirs ensorcelés... C'est vêtu des habits du comte de Vermandois, et s'faisant passer pour lui, qu'Fabio a accompagné Marie-Anne à la soirée d'Appartement dont il a parlé tout à l'heure. Elle l'a conduit jusqu'à la future Galerie des Glaces, où il a vu les douze miroirs. Il a demandé à rester seul pour admirer l'travail de son père. Et là, des visions sordides ont surgi dans les miroirs : la Voisin elle-même est apparue et a parlé à Fabio, alors qu'elle avait rejoint l'royaume des morts depuis longtemps. Elle lui a fait bon nombre de révélations... entre autre... entre autre... que... tu étais vivante, ma fille.

Terriblement ému, Domenico ne put s'empêcher d'essuyer une larme.

– À partir de c'moment-là, j'ai tout fait pour t'retrouver. Pasquale et Giovanni ont réussi à découvrir que l'gouverneur d'la prison des Plombs et sa femme t'avaient adoptée. Et c'est l'roi de France, lui-même, qui a intercédé auprès d'la Sérénissime pour que tu viennes me rejoindre en France.

Angelina baissa la tête, l'air accablé. L'évocation de ses parents adoptifs la plongeait, une fois encore, dans une profonde tristesse. Domenico vit des larmes rouler sur ses joues.

— Ma fille, lui dit-il avec douceur, est-ce que ces gens te manquent ?

— Bien sûr. Je n'ai connu qu'eux à partir de l'âge de six mois. Ils étaient mes parents. Ils m'ont aimée, choyée, protégée. Comment aurais-je pu deviner que je grandissais dans les lieux mêmes où ma véritable mère avait trépassé ? Comment aurais-je pu savoir que mon père, le vrai, vivait quelque part, au royaume de France ? Désormais, mon cœur est partagé en deux. Comme le miroir de Léonie. Comme la couleur de mes yeux tout à l'heure. Il me semble que je suis double. Je réfléchis en italien, mais je parle en français. Je pense à Venise, et je me promène dans Paris. J'avais un père, il m'en échoit un deuxième. Je me croyais fille unique, je me découvre un frère et une sœur... Je suis jeune et, malgré ma nostalgie et une certaine rancœur à votre égard, père, je me sentais légère et heureuse. Et voilà que, ce soir, j'apprends qu'une malédiction censée venger ma mort sème le malheur depuis de nombreuses années.

– Angelina, t'es pas prisonnière, ici. Si ton vœu l'plus cher est d'retourner en Italie où sont tes racines et tes bienfaiteurs, j'me ferai une raison. Ton bonheur est tout c'qui m'importe. Après c'qui s'est passé ce soir à Versailles, il fallait que j'te parle. J't'ai tout dit. J'espère que maintenant tu veux bien croire que j'ai jamais reçu d'lettre de ta mère adoptive. Sinon pourquoi j'aurais fomenté cette sinistre et dangereuse vengeance ? Ah, si seulement j'l'avais reçue, cette lettre... Je serais allé te chercher ! J't'aurais ramenée ici, et nous serions heureux tous ensemble depuis bien longtemps !

Angelina se leva d'un bond, fit le tour de la table, et se jeta dans les bras de son père. Tous deux pleuraient de joie, en se serrant très fort. De vraies retrouvailles. Enfin ! Plusieurs mois après l'arrivée de la jeune fille, le bonheur était palpable. Émilie souriait. Il avait fallu toutes ces mises au point. Fort peu agréables à raconter, certes, mais elles avaient eu l'effet espéré.

Le Grand Diamant Bleu

En cette nuit de novembre, froide et brumeuse, dans ce faubourg industrieux de Paris, dans la pénombre de cette cuisine où le feu de cheminée et les chandelles commençaient à mourir, un père et sa fille venaient de renouer avec des sentiments très forts. Des sentiments filiaux et paternels qui, au fond, ne les avaient jamais quittés. Domenico en connaissance de cause, et Angelina, le plus inconsciemment qui soit.

— Un jour, je retournerai à Venise, c'est certain, murmura-t-elle. Et puis, je reviendrai. Je me partagerai entre mon ancienne et ma nouvelle vie ! Mais pour l'heure, il me semble que nous avons une chose importante à faire. Une mission à accomplir. Puisque nous nous sommes retrouvés, père, la malédiction des miroirs n'a plus lieu d'être. Il faut qu'elle prenne fin ! Léonie doit en être la dernière victime.

Angelina retourna s'asseoir à sa place. Au passage, elle embrassa Émilie qui s'était levée pour remplacer les chandelles et remettre une bûche dans l'âtre.

— Que sont devenus les douze miroirs ? demanda la jeune fille.

Les Miroirs du Palais

– Onze d'entre eux sont enfermés dans une caisse qu'j'ai cachée dans un lieu sûr et connu d'moi seul. Personne a pu aller les chercher là où ils se trouvent. Le douzième a été détruit par Fabio, le jour d'la livraison d'une partie des miroirs d'la Galerie des Glaces. La Voisin lui était apparue une fois encore. Refusant d'entendre c'qu'elle avait à lui dire, il a lancé un maillet sur le miroir qui s'est cassé. En pareil cas, on doit jeter les morceaux dans l'eau, puis regarder son reflet à la surface, afin de reconstituer son image et ainsi éviter l'mauvais sort.

– Le mauvais sort additionné à la malédiction de ce miroir, voilà de quoi ajouter l'affliction au malheur, ce serait trop..., conclut Angelina.

Domenico eut un léger sourire.

– Fabio a donc jeté les morceaux d'miroir dans l'bassin de Neptune, au nord du parc du château d'Versailles. Quelqu'un l'aura peut-être observé pour ensuite aller les récupérer au fond du bassin ! Les glaces ont une valeur marchande qui fait rêver ! J'vois aucune autre possibilité. Seules ces brisures peuvent avoir été utilisées pour fabriquer l'miroir de Léonie. Mais par qui, et dans quel but ?

– C'est ce qu'il nous appartient de découvrir, père. Il est fort dommage que Fabio se soit retiré dans sa chambre, et contrarié de surcroît. Je lui aurais demandé s'il était disposé à m'accompagner dans une sorte d'enquête afin de découvrir d'où vient le miroir de Léonie. Nous devrons déterminer combien il existe de miroirs de même facture, et qui les détient. Nous pourrions ainsi tous les récupérer et vous les remettre. Il vous suffirait alors de les remiser au même endroit que la caisse de miroirs maudits, et on n'en entendrait plus parler.

– Je ne suis ni fâché ni reclus dans mon alcôve, déclara Fabio en descendant lentement l'escalier. J'étais simplement assis sur la dernière marche et j'ai entendu tous vos discours. Je t'aiderai, ma sœur, tu peux compter sur moi. Si nous réussissons, plus personne, jamais, ne sera victime de la malédiction des miroirs...

9

— Bonjour, mademoiselle, asseyez-vous, je vous prie, déclara Françoise de Maintenon.

Très intimidée, Angelina remercia... et alla se poser sur un ployant, juste à côté de l'alcôve carmin de la marquise.

La jeune fille pensait à l'émotion qui l'avait saisie, le matin même, lorsqu'un envoyé du roi avait apporté à la manufacture une lettre qui lui était destinée. Louis XIV la convoquait à Versailles. Le texte ne spécifiait rien d'autre que l'heure et le lieu. Que lui voulait le souverain ?

Domenico avait décidé qu'Émilie serait du voyage. Ce serait pour elle une occasion d'aller embrasser sa sœur Cendrène, chez la princesse de Conti, pendant qu'Angelina serait reçue par le roi. Et puis, une jeune fille d'à peine dix-huit ans ne voyageait pas seule !

Fabio avait insisté pour les accompagner. Il pourrait ainsi s'enquérir de la santé de Marie-Anne.

Les idées qui traversaient l'esprit de la Maintenon, étaient tout autres...

Deux jours auparavant, quelques heures après la visite que lui avait rendue Jean-Baptiste Tavernier, et à son plus grand étonnement, Mme de Montespan était venue frapper à sa porte. L'ancienne favorite souhaitait l'entretenir d'une chose de la plus haute importance. La marquise n'était pas près d'oublier la conversation qui avait suivi :

– Madame, avait commencé la belle Athénaïs, vous m'avez volé l'amitié du roi, c'est une chose entendue. Nous sommes donc rivales, et depuis fort longtemps. N'allez surtout pas imaginer que je viens

Le Grand Diamant Bleu

à vous dans un but de réconciliation. Certes, non! Cela ne se peut, vous le savez comme moi. Si j'ai pris la peine de me déplacer jusqu'à vos appartements, ce n'est que pour vous apprendre votre infortune. Et, ma foi, j'avoue que j'en éprouve un réel plaisir. Chacune son tour, ma chère! À vous désormais, d'endurer les affres de l'abandon, de l'angoisse et de la jalousie!

– De quelle infortune parlez-vous, madame? avait demandé la marquise.

– Voyez-vous, cette après-dînée, en son allée de lumière, le roi est tombé amoureux. Follement amoureux. Toute la cour en a été témoin. Vous l'auriez constaté par vous-même si vous ne mettiez pas tant d'ostentation à forcer l'humilité jusqu'à bouder la moindre cérémonie officielle.

– Puis-je savoir qui est l'heureuse élue?

– Il s'agit d'une Italienne. Une dénommée Angelina, fille du verrier muranais que Sa Majesté a honoré du titre de Premier Miroitier.

Pour l'avoir rencontrée quelques mois plus tôt, la marquise savait à quel point Angelina était belle. Et jeune...

Elle s'était sentie pâlir, et Mme de Montespan, fière du coup qu'elle venait de lui porter, était repartie, un franc sourire aux lèvres.

Ainsi, Françoise de Maintenon n'avait-elle pas été surprise le moins du monde, lorsque le roi l'avait priée de recevoir Angelina. Il la chargeait de lui annoncer son entrée au sein de la Maison de Marie-Anne, en tant que demoiselle de compagnie, lectrice, et accessoirement professeur d'italien.

Surprise ? Non. Mais Françoise de Maintenon avait senti monter en elle une sourde colère. Une de ces colères froides et redoutables dont elle avait le secret. Une colère assortie d'une franche détermination à éloigner cette jeune Italienne de la cour...

Enfin, elle s'adressa à Angelina :

– Mademoiselle, le roi est retenu par quelque affaire urgente, et ne pourra point vous recevoir. C'est donc à moi qu'il revient de vous instruire des projets que Sa Majesté a pour vous. Projets établis à la demande de votre père à qui le roi ne saurait refuser une faveur.

Angelina ouvrit tout grand les yeux, impatiente de découvrir la tournure qu'allait prendre son destin. À la demande de son père, de surcroît !

– Vous serez bien sûr logée au château, ajouta la Maintenon après avoir tout expliqué, et vos gages seront fixés par le souverain en personne.

La jeune fille vit immédiatement le parti qu'elle pouvait tirer de cette place de demoiselle de compagnie. Elle allait demeurer à Versailles, et aurait ainsi la possibilité de mener l'enquête sur les miroirs ensorcelés. C'était inespéré !

– Merci, madame !

– Ma chère enfant, vous n'êtes point obligée d'accepter, précisa la marquise, d'une voix sucrée. Sa Majesté vous laisse libre de vivre à la cour, ou bien de suivre votre père en Touraine, là où il se retirera bientôt avec sa famille.

Les Miroirs du Palais

Angelina fronça les sourcils. Le départ de Domenico pour la Touraine la tracassait. À peine s'étaient-ils retrouvés que, déjà, ils allaient devoir se séparer. La jeune fille ne pouvait s'empêcher de considérer cela comme un deuxième abandon.

La Maintenon décela le trouble de son interlocutrice. Elle poursuivit :

— Je conçois aisément votre embarras. C'est un dilemme. Les fastes de la cour de Versailles, avec ses joies et ses intrigues, ou la vie dans une belle et noble campagne, entourée des vôtres. Je reconnais que les deux sont tentants.

Angelina secoua légèrement la tête pour chasser ces idées parasites.

— Il y a une autre possibilité, que j'ai plaisir à vous proposer, continua la perfide Maintenon. Je m'intéresse beaucoup à l'éducation des filles qui, selon moi, est trop négligée dans les couvents où on les instruit d'ordinaire. Avec la bénédiction et l'aide précieuse du roi, il y a peu, j'ai créé un pensionnat dans les murs du château de Noisy-le-Roi. Un pensionnat, tenu par des religieuses mais sans être un couvent. Une maison réservée aux jeunes filles pauvres de la noblesse. Vous plairait-il d'y entrer afin de parfaire votre savoir en toute chose, et en particulier y apprendre un français des plus corrects ?

— À quelques confusions près, et mis à part un fort accent italien, il me semble, madame, que mon français est déjà «des plus corrects», rétorqua Angelina, un peu piquée au vif. Il ne se passe pas un jour sans qu'on m'en félicite. À Venise, dans la prison des Plombs où je vivais avec mes parents adoptifs, il y avait un prisonnier français, prénommé Côme, avec qui je m'étais liée d'amitié. C'est lui qui m'a enseigné votre langue. Ainsi n'étais-je pas dépaysée en arrivant à Paris. Mon père a été le premier surpris de m'entendre deviser avec autant d'aisance.

— Je reconnais que vous parlez admirablement notre langue, et je vous en félicite, à mon tour. Quant à votre accent, il est tout à fait délicieux. Je vous proposais simplement de l'améliorer. On peut toujours s'améliorer, et on gagne à le faire.

— Je vous remercie infiniment pour cette offre si généreuse, mais vous comprendrez qu'après avoir passé ma jeunesse dans une geôle je n'ai point envie d'être enfermée dans un pensionnat, aussi prestigieux soit-il.

La marquise s'accorda quelques secondes de réflexion. Mme de Montespan aurait sans doute aimé assister à la scène et voir sa rivale perdre sa clairvoyance, sa finesse et sa ruse habituelles, au profit de manœuvres maladroites. Avec pour seule motivation d'éloigner Angelina de la cour, et donc du roi. Ah oui ! La belle Athénaïs aurait été au comble de la jubilation !

Au fond, la Maintenon appréciait qu'Angelina refuse d'intégrer son institution de Noisy-le-Roi. C'était beaucoup trop près de Versailles. Et il lui apparut que même la Touraine n'était pas assez éloignée.

— Si vous maîtrisez à ce point notre langue, reprit-elle, vous n'ignorez point que le mot « amitié » peut s'entendre de plusieurs façons.

– Je le sais, madame. Il peut signifier aimer quelqu'un, je veux dire « aimer d'amour », ou bien, être ami avec une personne.

– Parfait ! Dans ce cas, tout à l'heure, lorsque vous avez évoqué le jeune prisonnier des Plombs, qu'entendiez-vous par « avec qui je m'étais liée d'amitié » ? Qu'est-ce qui, au juste, vous rapprochait de ce garçon ? Était-ce simplement de l'amitié, ou était-ce de l'amour ? Ah, je suis curieuse, j'en ai conscience !

À l'évocation de Côme, Angelina baissa la tête. Ses joues avaient rosi.

– Oh, comme vous devez lui manquer ! Autant qu'il vous manque, j'imagine. Ma pauvre enfant ! La vie nous impose parfois de cruelles séparations.

La Maintenon pensait avoir trouvé la faille.

– Mais... tenta Angelina.

– Non, ne dites rien, je comprends. Sachez que, si vous souhaitez le rejoindre, je ferai tout ce qui est en mon pouvoir pour que vous puissiez retourner à Venise au plus vite. Je pourrais même suggérer au roi d'intervenir auprès du doge afin que la peine de votre bien-aimé soit écourtée. Enfin... si son crime n'est point trop grave. Quel forfait a-t-il commis ?

– Côme était pâtissier dans un des plus nobles palais vénitiens, madame. Un soir, après un souper de fête au cours duquel de nombreux mets et pâtisseries avaient été servis, son maître a été secoué de convulsions. Il est mort dans la nuit, et les médecins ont conclu à un empoisonnement. Ensuite, quelqu'un, on ne saura jamais qui, a déposé un billet dans la «bocca della verità[1]» pour accuser le pâtissier... Mais lui jure qu'il est innocent. Et je le crois. Je le crois très volontiers ! Il est emprisonné depuis deux ans et n'a pas encore été jugé. Il me disait souvent que les magistrats l'avaient sans doute oublié.

La marquise afficha un air compatissant.

– Voilà qui est fâcheux, dit-elle à mi-voix. Ah, cette manière qu'ont les Vénitiens de se dénoncer ainsi les

---

1. «La bouche de la vérité» : sorte de boîte à lettres, en forme de visage grimaçant, dont la bouche largement fendue servait à glisser des lettres de dénonciation destinées à la police du doge.

Le Grand Diamant Bleu

uns les autres! C'est hélas une pratique courante, là-bas. La France ne recourt point à ces méthodes de dénonciation. Dieu et le roi nous en préservent! Je vais m'occuper de cette affaire. Lors de votre retour à Venise, l'élu de votre cœur sera probablement libre. Votre avenir me préoccupe, cher ange, et j'entends vous aider à bien commencer votre vie de femme.

Angelina fronça une fois de plus les sourcils. Elle était loin d'être sotte, et la sollicitude de cette femme la déconcertait. Pour quelle raison voulait-elle absolument la renvoyer à Venise alors que son but à elle, secret, il est vrai, était de mener l'enquête sur les miroirs ensorcelés, et de venir à bout de la malédiction?

– Je retournerai un jour à Venise, c'est certain. Mais pour l'heure, je vous en prie, ne vous tourmentez pas pour moi, madame. Sa Majesté me fait l'honneur de m'offrir un emploi qui me comble. J'accepte avec joie d'être attachée au service de son altesse la princesse de Conti. Jamais je n'aurais rêvé pareille faveur!

Les Miroirs du Palais

Françoise de Maintenon accusa le coup sans ciller. Elle se contenta de fixer Angelina et lui décocha un beau sourire. Un sourire quelque peu carnassier. Mais, faute de la connaître assez, la jeune fille ne voulut y voir qu'une marque d'«amitié».

Pourtant, en son for intérieur, la marquise venait de trancher : «Ah, l'obstinée... Je n'ai plus qu'une solution. La compromettre!»

10

L'esprit embrumé par des sentiments mélangés, Angelina sortit de chez la Maintenon puis rejoignit Émilie et Fabio chez Marie-Anne. Elle les trouva à l'office en compagnie de Cendrène qui était en train de leur faire des révélations sur la maladie de sa maîtresse.

Fabio était livide.

– Que se passe-t-il ? lui demanda Angelina, inquiète.

– La princesse..., répondit-il, d'une voix blanche. Les médecins craignent pour sa vie...

Cendrène expliqua par le menu la progression du mal au cours des deux derniers jours : le corps entier recouvert de pustules, la fièvre de plus en plus forte, le délire, les saignées à répétition lorsque Marie-Anne était inconsciente, la soif qui la dévorait dès qu'elle reprenait ses esprits. Cendrène n'épargna aucun détail à ses visiteurs.

— Si ma princesse venait à périr, soupira-t-elle, l'infortunée Louise de La Vallière aura perdu tous ses enfants. Quelle tristesse...

Angelina et Émilie ne sachant quoi dire se contentèrent de hocher la tête pour exprimer leur compassion. Fabio était médusé.

Ce fut Cendrène qui brisa le silence.

— Que te voulait le roi ? demanda-t-elle à Angelina.

La jeune fille raconta son entretien avec Mme de Maintenon. Elle s'enthousiasma de la place à laquelle elle venait d'être nommée, et se tut à propos du reste, et surtout de ses doutes quant à l'attitude de la marquise.

— Te voilà établie ! se réjouit Cendrène, en s'approchant de la cheminée pour y réchauffer ses mains tendues vers le feu qui ronronnait.

— Tu verras, ajouta-t-elle, chez la princesse de Conti, en espérant qu'elle guérisse... on est logées petitement, mais nos vêtements sont de qualité, on nous donne des souliers deux fois l'an, et la nourriture est aussi bonne que copieuse. Marie-Anne est généreuse. J'ai tout ce qu'il me faut, je ne dépense presque rien et j'économise mes gages. Pourvu que Dieu prête vie à Marie-Anne, tu seras bien, ici ! Mais, pour l'heure, je n'ai point reçu d'ordre à ton sujet. Je ne sais pas dans quelle mansarde je dois t'installer.

— Vous en aurez sûrement bientôt. Mme de Maintenon m'a demandé de rentrer à la manufacture, de rassembler mes effets et de revenir demain, au début de l'après-dînée.

Angelina regarda son frère. Perdu dans ses pensées, il s'était mis un peu à l'écart.

— Fabio, viens par ici, lui souffla-t-elle, je crois qu'il serait bon que nous parlions à Cendrène de la mission que nous nous sommes donnée.

Le jeune homme sortit de sa torpeur, et se rapprocha de sa sœur.

— C'est au sujet de la mort de Léonie, dit-il.

Cendrène frissonna et se signa.

— La malheureuse, gémit-elle.

— Vous étiez au chevet de Marie-Anne, lorsque les laquais ont ramené Léonie du bassin de Neptune, et le hasard a voulu que nous nous trouvions au même moment dans la cour.

— Je sais, Angelina, on m'a tout raconté. Tu as été courageuse.

À cet instant, la porte de l'office s'ouvrit, et des serviteurs entrèrent, chargés, comme chaque jour, des mets qu'ils apportaient du Grand Commun pour les repas de la princesse. Selon les directives de Cendrène, ils disposèrent les plats sur la desserte, et repartirent.

— Voilà qui va faire le bonheur des domestiques aujourd'hui encore, dit-elle en haussant les épaules. Ma pauvre Marie-Anne est bien incapable d'avaler la plus petite bouchée! Elle ne fait que boire. Ce serait dommage de gâcher de si bonnes choses.

Le Grand Diamant Bleu

Et il y en avait des «bonnes choses»! Un pâté en croûte tout chaud qui sentait bon la viande de mouton, piquée à l'ail, une carpe farcie aux truffes, des écrevisses fricassées à l'anis, des artichauts confits aux échalotes et au thym, un flan au fromage blanc à la bergamote parsemé d'écorces d'orange confite, des poires, et un plein saladier d'amandes au miel.

Ébahie, la famille Morasse contemplait ce festin sans mot dire. L'arrivée des serviteurs et la débauche de nourriture qui s'étalait maintenant sous leurs yeux avaient détourné l'attention et la conversation. Fabio avala bruyamment sa salive. Malgré ses émotions, tous ces plats lui donnaient grand-faim!

– Que souhaitiez-vous me dire à propos de la mort de Léonie? demanda Cendrène.

Angelina entreprit de lui répondre:

– Dans sa main, on a trouvé un petit miroir rond cerclé de plomb. Nous pensons qu'il est à l'origine de sa noyade.

À ces mots, Angelina, Émilie et Fabio virent Cendrène pâlir. Elle dut même s'appuyer sur la desserte pour se soutenir. Elle pensait au salon de lumière de Louise, et plus précisément, à ce jour funeste, où un ouvrier s'était tué en tombant d'un échafaudage, juste après avoir ouvert la caisse de miroirs, cadeau du roi à sa favorite Louise de La Vallière.

– C'est que... c'est que... j'ai aussi acheté un miroir, lâcha-t-elle dans un souffle, au bord de l'évanouissement. Je... je vous ai dit que j'avais quelques économies.

– Auprès de qui l'avez-vous acquis, ma tante? voulut savoir Fabio.

– Je l'ignore. C'est Léonie qui a traité l'affaire. Elle avait insisté pour que j'en achète un. Pour deux miroirs, on avait un prix « d'ami ». Alors, j'ai accepté. Elle savait négocier, la p'tite! Oh, mais j'ai mon idée sur la question... Je m'suis dit comme ça, que le gaillard qui fabriquait ces miroirs devait être son bien-aimé. Fallait voir l'air ravi qu'elle affichait quand elle allait s'entretenir avec son fournisseur!

– Vous êtes-vous regardée dans cette glace?

Le Grand Diamant Bleu

– Point encore. Comment veux-tu, mon garçon, que j'en aie eu le temps, avec madame qui nous a attrapé la petite vérole ? Léonie me l'a apportée, je lui ai donné l'argent qu'elle s'est empressée de porter au vendeur. Une petite fortune, tu peux me croire ! Le miroir était enveloppé dans un morceau de tissu. Je ne l'ai même pas déballé. On m'attendait dans la chambre de la princesse. Alors, j'ai remisé l'objet au fond de la malle, qui est dans ma soupente, en me disant que je verrais plus tard comment il était fait.

– Ça alors ! T'es bien bête de dépenser ton argent pour un bout de miroir ! lança Émilie à sa sœur. Tu pouvais pas le dire ? Domenico t'en aurait donné un ! Ça arrive qu'il y ait de la casse à la manufacture.

Cendrène haussa les sourcils. Elle était prise au dépourvu. Tellement habituée à se débrouiller par elle-même, cela ne lui était même pas venu à l'esprit...

– Tu aurais pu m'en offrir un ! répliqua-t-elle, en élevant la voix. Je ne suis pas du genre à réclamer !

Le ton montait. Comprenant qu'une dispute risquait d'éclater entre les deux femmes, et que la conversation allait une fois de plus être détournée, Fabio décida de les interrompre :

— Mère, revenons au miroir de Léonie !

Émilie laissa échapper un soupir d'énervement, et se tut.

— Y a-t-il, à votre connaissance, une autre personne qui aurait acheté un miroir ? reprit Angelina.

— Je n'en ai aucune idée. Je vais me renseigner. Léonie devait tirer profit de ce petit commerce ! Elle en aura largement parlé autour d'elle pour trouver des acheteurs.

— Pouvez-vous nous donner votre miroir ?

Cendrène se tourna vers la desserte, elle partagea le flan à la bergamote en cinq, et distribua une part à chacun. Puis, elle avala la sienne en quelques secondes, avant de déclarer :

— Je vais le chercher. Ce ne sera pas long. Régalez-vous en attendant mon retour, et vous emporterez le dernier morceau pour Domenico.

11

Six heures venaient de sonner au clocher de la chapelle Sainte-Marguerite.

Dans les ateliers de la manufacture, les fours avaient tourné à plein régime toute la nuit, et la chaleur était à son comble quand les ouvriers s'étaient remis à l'ouvrage, sur les coups de cinq heures du matin.

Soudain, une cavalcade se fit entendre sur les pavés de la cour. Dans l'atelier, avec le ronflement des fournaises, le fracas des outils et les cris des verriers, personne ne perçut le moindre bruit de sabots.

Les Miroirs du Palais

Ni Domenico ni Fabio qui soufflaient à tour de rôle une boule de pâte de verre rougeoyante. Pas même Marcellin qui invectivait les tiseurs pour qu'ils s'activent davantage, et alimentent en bois le four principal.

En revanche, dans la cuisine où Angelina, Émilie et Valentine s'appliquaient à pétrir la pâte à pain, le vacarme ne passa pas inaperçu.

Toutes trois relevèrent la tête et échangèrent un regard voilé d'inquiétude. Elles abandonnèrent leur ouvrage et s'essuyèrent les mains, avant de courir vers la fenêtre pour se coller le nez aux carreaux.

Dans un fracas extraordinaire, une troupe de mousquetaires venaient de pénétrer dans l'enceinte de la manufacture. Hormis la visite du roi, dix-huit ans plus tôt, peu après la création de la fabrique de miroirs, c'était la première fois qu'un tel évènement se produisait.

Descendu de son bureau en toute hâte, M. Pierre de Bagneux, le directeur de la manufacture, se précipita dans l'atelier pour prévenir Domenico. Il était suivi du capitaine des mousquetaires. Le militaire, accoutumé au vent qui fouette le visage pendant les longues chevauchées, se sentit étouffer en entrant dans ce qui lui parut être une étuve. En l'espace de trois secondes, son visage vira au rouge, et la sueur dégoulina le long de ses joues. Dans un geste instinctif, et bien que sa charge le lui interdise, il dénoua sa cravate pour dégager son cou. Il inspira bruyamment à la manière d'un naufragé resté longtemps sous l'eau.

C'est d'une main moite qu'il tendit au Premier Miroitier, un pli portant le sceau royal.

Domenico fit sauter le cachet de cire, déplia l'épais papier au bas duquel figurait la signature de Louis XIV. Cela ressemblait à une lettre de cachet... Inquiet, il confia la lettre à Pierre de Bagneux pour qu'il décrypte la fine écriture de Toussaint Rose, le secrétaire du roi.

Le directeur parcourut du regard les quelques lignes, et, l'air embarrassé, leva les yeux sur Domenico :

– Monsieur Morasse, vous devez vous présenter à Versailles ce jourd'hui, à la première heure de l'après-dînée. Sa Majesté vous recevra en audience privée pour une affaire de la plus haute importance.

– Fort bien. J'prendrai l'coche en même temps qu'Angelina. Elle aussi est attendue au palais.

– Vous irez seul, précisa le directeur. L'audience de votre fille d'Italie est reportée jusqu'à nouvel ordre.

– Vous m'intriguez ! grimaça le Muranais.

Que se passait-il ? Il n'en avait pas la moindre idée, mais une pareille convocation ne laissait rien présager de bon... Accablé, il s'appuya dos au mur pour se soutenir. Absorbé par ses réflexions, il n'entendit pas Pierre de Bagneux et le capitaine sortir de l'atelier, pas plus qu'il ne prêta attention au piétinement des chevaux, lors du départ des mousquetaires. Il ne vit pas non plus que quatre d'entre eux étaient restés sur place, et montaient la garde dans la cour.

Dans l'atelier, le niveau sonore avait baissé. Certes, les fours ronflaient toujours, mais on ne percevait plus le bruit des outils. Les ouvriers semblaient figés, et attendaient on ne savait quoi.

Le Grand Diamant Bleu

Ces quelques instants de stupeur générale passés, Marcellin entreprit de réveiller son monde !

– Au travail, fainéants qu'vous êtes ! Si j'vois pas le verre d'un grand miroir coulé sur table ce soir, vot'journée sera point payée ! Vous avez entendu ?

Un murmure parcourut l'atelier, et chacun se remit à l'ouvrage.

12

Angelina crut défaillir lorsque son père lui apprit la nouvelle. En dehors du fait qu'elle devrait remettre à plus tard son enquête sur les miroirs ensorcelés, elle soupçonnait quelque chose d'autre... Quelque chose de grave.

Domenico s'appliqua à dissimuler ses craintes. Mais la jeune fille éclata en sanglots et monta s'enfermer dans sa chambre.

– Émilie, dit le miroitier avec douceur, va lui tenir compagnie, et tâche de la consoler. Elle prendra ses fonctions auprès d'Marie-Anne, un peu plus tard, c'est certain. Nous savons tous qu'la princesse est malade. Une lectrice italienne lui serait d'bien peu d'utilité en c'moment. Et puis, cette audience a peut-être aucun rapport avec Angelina. C'que j'redoute par-dessus tout, c'est qu'le roi ait changé d'avis, et nous refuse le droit d'aller nous installer en Touraine... On en saura plus dans quelques heures.

Domenico embrassa Émilie et Valentine.

— Soyez fortes, mes chéries, conclut-il dans un sourire qui se voulait rassurant mais trahissait son appréhension.

Et il rejoignit sa chambre pour revêtir ses habits du dimanche, ceux-là mêmes qu'il portait lors de la réception dans la Galerie des Glaces.

À trois heures précises, Domenico Morasse entrait dans le cabinet privé de Louis XIV. Cette fois-ci, le souverain, la mine revêche, ne proposa pas à son Premier Miroitier de prendre place dans un fauteuil.

— Si je vous ai convoqué, monsieur Morasse, c'est que l'affaire est grave.

Avant son départ de la manufacture, Émilie avait soigné les doigts meurtris de son époux. Elle les avait pansés avec des bandelettes de coton blanc. Face au souverain, le Muranais anxieux serrait si fort son chapeau entre ses mains, que, par endroits, un peu de sang transpirait à travers les bandages.

– La marquise de Maintenon a tout lieu de croire que votre fille d'Italie a volé chez elle un objet de grande valeur, déclara le roi d'un ton sec. Cela s'est produit lors de l'entretien qu'elle lui a accordé, hier, à ma demande. Savez-vous quelque chose à ce sujet ?

Il ne s'agissait donc pas de la Touraine...

Domenico était abasourdi.

– Sire... je vous jure que... j'ignore de... de quoi vous voulez parler, s'étrangla-t-il. Qu'aurait-elle dérobé ?

– Un diamant, monsieur, que je venais d'offrir à la marquise en remerciement de ses bons et loyaux services.

– J'puis vous assurer, Votre Majesté, qu'Angelina est incapable de faire une chose pareille !

– C'est ce que nous verrons. J'ai ordonné une enquête. En attendant les conclusions, votre fille a interdiction formelle de sortir de la manufacture. Le lieutenant général de police lui rendra visite pour l'interroger. Remerciez-moi de ne pas la faire emprisonner sur-le-champ, comme n'importe quel suspect. C'est une faveur que je vous accorde, et une honte que je vous épargne, en tant que mon Premier Miroitier.

Le souverain n'était pas tout à fait honnête... Il ne pouvait tout bonnement pas se résoudre à envoyer la belle Angelina, objet de sa convoitise, dormir sur la paille d'un sordide cachot humide et glacial en cette saison. Quel que fût son crime, et surtout sans avoir la preuve absolue qu'elle l'avait réellement commis. Non pas qu'il remettait en cause les accusations de son épouse. Mais... il s'agissait peut-être d'un tire-laine qui s'était introduit chez elle, et s'était rendu coupable du vol du Grand Diamant Bleu... La canaille ne manquait pas au palais !

– Vous avez tout'ma reconnaissance, Sire, mais...

Le Grand Diamant Bleu

La remarque de Domenico tira le roi de ses pensées.

– Il n'y a rien à ajouter, l'interrompit-il. Rentrez chez vous, surveillez votre fille et, surtout, retournez à votre ouvrage. Je veux que vous me fassiez livrer, le plus rapidement possible, trois *très grands miroirs*, pour décorer le dessus de cheminée du salon de Marie-Anne. Je désire lui faire cette surprise pour le jour où elle se relèvera de sa maladie et quittera son lit de souffrances. Hâtez-vous ! J'ai bon espoir que les médecins la sorte bientôt de ce mauvais pas.

– J'ai quelques *très grands miroirs* en réserve, Majesté. Parmi eux, il s'en trouve qui sont d'assez bonne facture. J'aurais pas osé vous les proposer puisque ce sont des prototypes, mais si vot'cadeau peut point souffrir de retard, j'pense qu'ils conviendront parfaitement.

De retour à la manufacture, Domenico déposa son paletot sur la table de la cuisine.

– T'inquiète pas, dit-il à Émilie visiblement soucieuse, occupée à rapiécer les blouses des miroitiers. J't'expliquerai, mais j'dois d'abord parler à Angelina.

Il monta à l'étage, aussitôt suivi de Fabio qui avait quitté l'atelier dès l'arrivée de son père. Ils entrèrent dans la chambre d'Angelina.

– Je n'ai rien volé, je le jure ! s'insurgea la jeune fille, après que son père lui eut raconté ce dont on l'accusait.

Elle s'effondra sur son lit en sanglotant.

– La Maintenon est une vipère ! gémit-elle. J'ai enfin compris ses intentions. Elle cherche par tous les moyens à m'éloigner de la cour. Mais j'ignore pourquoi elle s'acharne à ce point sur moi !

– Cette femme est redoutable, j'en ai personnellement fait la triste expérience..., déclara Fabio à l'intention de Domenico. Ne la sous-estimons pas. De plus, elle est tout ce qui compte aux yeux du roi. N'oublions pas qu'il l'a épousée. Tu comprends, maintenant, pourquoi ce sera toujours sa parole contre la tienne.

Le Grand Diamant Bleu

– Mariés ?! Elle et le roi ?! s'exclama la jeune fille qui s'était relevée d'un bond. Mais alors, elle est reine de France !

– Ce n'est pas aussi simple qu'il y paraît. Mme de Maintenon ne peut être reine puisqu'il s'agit d'un mariage secret. Un secret fort éventé, d'ailleurs, car les ragots vont bon train, à Versailles. Toutefois, sans preuves tangibles, les courtisans ne font que supposer. Personne n'oserait en jurer, seul le doute est permis.

– Dans ce cas, comment, toi, Fabio Morasse, simple miroitier, es-tu en mesure de l'affirmer ?

– C'est la Voisin que j'ai vue dans les miroirs ensorcelés de la Galerie des Glaces, qui m'a révélé cette mystérieuse union. Tout comme elle a annoncé que tu étais vivante et fort jolie.

– Je suis donc en danger...

Fabio soupira :

– Tu l'es bel et bien. Mais je ne permettrai pas que les manigances et les accusations de cette mégère puissent t'atteindre. J'ai une idée sur la manière de procéder pour la réduire au silence, faire éclater la vérité et ainsi prouver ton innocence. Laisse-moi agir...

13

– Et comment comptes-tu t'y prendre ? demanda Domenico qui avait peur de deviner les intentions de son fils.

De son regard bleu clair et limpide, qui, en certaines occasions, pouvait devenir glacial, le Muranais toisa Fabio durant quelques secondes. De courts instants qui parurent une éternité au jeune homme. Son père avait compris, il le savait...

– C'est peut-être notre seule chance de sauver Angelina, murmura-t-il.

Sans un mot, Domenico détourna les yeux.

Les Miroirs du Palais

Il s'approcha d'Angelina et, dans un geste protecteur, il la prit dans ses bras.

— Cara mia[1], sois rassurée, lui dit-il avec douceur en l'embrassant sur le front. Ton frère et moi, on va s'occuper d'cette affaire de diamant. T'as rien à craindre, on va t'protéger. Allez, maintenant, descends à la cuisine, Émilie et Valentine t'y attendent. Elles s'inquiètent pour toi. Ça sert à rien d'rester là, à pleurer comme une fontaine.

Une fois Domenico reparti dans les ateliers pour surveiller l'étamage d'un *très grand miroir*, Fabio alla s'enfermer dans la réserve où étaient entreposés le sable, la soude, l'étain et le vif-argent[2]. L'odeur y était désagréable, et la lumière du jour filtrait mal à travers les vitres des deux fenêtres encrassées de poussière. C'était voulu. Depuis la création de la manufacture, Domenico acceptait qu'on les débarrasse des toiles d'araignées, mais il interdisait que les carreaux soient lavés. Cela, pensait-il, protégeait

---
1. Ma chérie.
2. Mercure.

des possibles regards indiscrets le dosage des ingrédients de la pâte de verre, qui devait impérativement rester secret. Les fenêtres en question, armées de solides grilles, donnaient sur une courette encastrée dans l'enchevêtrement des bâtiments. Le règlement de la manufacture autorisait la visite des ateliers, à tous ceux qui le souhaitaient. Or, il eut été facile à un espion de se faire passer pour un simple curieux, de se cacher dans un recoin de cette cour, et d'observer à la dérobée les Muranais à l'œuvre...

L'endroit était sombre, mais Fabio n'alluma pas de chandelle. Il sortit de sa poche le miroir que Cendrène lui avait confié. Il le coinça dans une aspérité du mur, puis s'assit sur une caisse en bois, de manière que son regard soit au même niveau que la glace.

Ce qu'il espérait, et appréhendait à la fois, se produisit sans qu'il eût longtemps à patienter.

Son visage lui apparut de profil, ainsi qu'il s'y attendait, puis devint flou. Ses traits s'effacèrent progressivement au profit de la tête échevelée de la Voisin.

Les Miroirs du Palais

– Fabio Morasse..., croassa-t-elle. Ainsi nous nous retrouvons! Sais-tu que je commençais à me languir de nos bavardages? Et voilà que tu me convoques! Tu m'en vois ravie! Ma perpétuelle errance dans l'abîme des Enfers me lasse au plus haut point. Ah ça! Si je n'étais pas déjà morte, je crois que je pourrais périr d'ennui!

Sa bouche édentée, grande ouverte, la sorcière éclata d'un rire métallique, avant de continuer:

– Heureusement, grâce à toi, il m'est donné, une fois encore, de m'échapper un moment. Grâce à toi, certes, mais surtout grâce à mon art des sortilèges. Cette malédiction des miroirs, qui ne finira jamais, me permet de garder un œil sur l'existence et les préoccupations des vivants. Ainsi placée, à la limite du monde réel, juste de l'autre côté du miroir, j'entraperçois la véritable vie qui me manque si cruellement.

Fabio se garda bien d'annoncer à la Voisin que son but était précisément de venir à bout de cette malédiction.

– À propos de préoccupations... Il me semble que ta famille n'est guère épargnée.

– D'où tenez-vous cela ?

– Je vois tout, mon ange. Les faits et gestes de chacun des personnages auxquels je m'intéresse, ce qu'ils acceptent de montrer, mais plus encore ce qu'ils s'appliquent à dissimuler. Tout, je te dis. Je sais tout !

Fabio fut parcouru d'un frisson. Si la Voisin insistait autant sur le fait qu'elle savait tout, peut-être avait-elle découvert son intention de mettre un terme définitif au mauvais sort qui affectait les douze miroirs maléfiques. Mais, pour l'heure, il tenait à venir en aide à Angelina !

– Vous êtes donc au fait du vol dont on accuse ma sœur d'Italie.

– Évidemment.

– Pourquoi la Maintenon a-t-elle menti en l'accusant ?

– Allons, un peu de clairvoyance, mon garçon ! Lors de la réception dans la Grande Galerie, le regard du roi sur Angelina n'a pas pu t'échapper ! Il est évident qu'il en est tombé follement amoureux. Il n'est donc point nécessaire de sortir de la faculté de médecine pour comprendre que la marquise est atteinte d'une maladie nommée «jalousie».

— Je fais confiance à ma sœur. Elle est innocente ! Il convient maintenant de confondre le vrai coupable ! Vous devez le connaître, vous qui prétendez tout savoir.

— Angelina n'a rien à se reprocher, en effet. Et il serait ardu de dénicher un quelconque voleur puisque personne n'a dérobé le diamant...

Stupéfait, Fabio haussa les sourcils.

— Vous êtes sûre ?

— Angelina est victime d'une machination orchestrée par la marquise elle-même. Celle-ci a caché le diamant pour ensuite accuser ta sœur. Elle veut la discréditer aux yeux du roi, afin qu'il ordonne son éloignement de la cour. Quelle meilleure tactique que de la faire passer pour une voleuse ? D'ailleurs, la Maintenon me déçoit quelque peu... Elle, un si grand stratège ! La jalousie l'égare, elle en perd ses moyens. Elle n'a même pas envisagé une autre solution, plus simple et beaucoup plus efficace...

– Laquelle ?

– Aucune importance, elle n'y a pas pensé... Quoi qu'il en soit, Angelina risque fort d'être emprisonnée... As-tu conscience du crime dont on l'accuse ? C'est tout de même du vol du Grand Diamant Bleu dont il s'agit ! La plus belle gemme du Trésor royal ! Crois-tu sincèrement que le roi, même très amoureux, laissera un tel forfait impuni ?

– Certainement pas, admit Fabio, accablé et pensif. Que dois-je faire ? Quel est votre conseil ?

– Tu me flattes, en me sollicitant ainsi, tel un oracle ! Mais, réfléchis un peu, mon garçon. Fais fonctionner ta cervelle, et surtout ta mémoire. L'an dernier, lorsque les miroirs ensorcelés étaient dans la Grande Galerie, toi et moi avons eu une longue conversation. Ne t'avais-je pas fourni de précieux indices, susceptibles de perdre la Maintenon. T'en souvient-il ?

— Fort bien : le tableau de la marquise en tenue d'Ève, qui se trouve au château de Villarceaux, et son mariage secret.

— En ce cas, qu'attends-tu pour utiliser ces armes-là ? Ce sont elles qui sauveront Angelina.

— Même sans preuve, le mariage du roi et de la marquise n'est plus un mystère pour personne, vous le savez comme moi.

— Certes ! Il n'y a plus que la Montespan pour refuser d'y croire. La malheureuse ambitionne encore de reprendre sa place de favorite, pour ensuite se faire épouser le plus officiellement du monde. Elle continue à rêver qu'un jour elle sera reine... Elle n'a plus toute sa tête. Sur ce point, au moins, la Maintenon et elle sont sur un pied d'égalité ! Les évènements leur ont fait perdre le sens commun. Mais revenons à ce qui te préoccupe...

— Si le secret du mariage ne me semble point être la solution idéale pour faire fléchir la marquise, il me reste... le tableau !

Le Grand Diamant Bleu

— Eh bien, va le chercher là où je t'ai dit qu'il se trouve, à Villarceaux[3] !

— Il faudrait que je m'introduise subrepticement dans le domaine, et que je reparte avec la toile. Cela reviendrait à commettre un larcin, et, pas plus que ma sœur, je ne suis un voleur !

— Ne t'emporte pas de la sorte, mon joli. J'ai une bonne nouvelle pour toi. Une aile du château a brûlé, il y a peu, et la bâtisse est ouverte à tous les vents. Le marquis de Villarceaux a fait emporter par ses gens les meubles et les objets encore intacts, auxquels il tenait. Il faut croire que sa passion pour celle que l'on nommait « la Belle Indienne » est un souvenir de moindre importance. Le cadre doré a été un peu noirci par la fumée, et le tableau est abandonné au milieu de la cour, entassé avec les reliefs du festin que le feu s'est offert en ces lieux. Il te suffit d'aller le récupérer, et d'en faire bon usage auprès de cette chère marquise.

---

3. Voir tome 2, *L'allée de lumière*.

Fabio était dubitatif.

— Allons, ce n'est tout de même pas un petit chantage qui va t'effrayer ?! L'an dernier, tu as excellé dans le rôle de maître chanteur. Personnellement, je t'avais trouvé parfait ! Te rappelles-tu la marquise, et la pâleur extrême qui avait glacé son visage, lorsque tu avais évoqué ce tableau[4] ?

Fabio ne répondit pas tout de suite. Les yeux baissés, il réfléchissait.

— C'est entendu, lâcha-t-il enfin. J'irai demain à Villarceaux.

— Jamais je n'ai douté ni de ton courage ni de ta détermination à sauver ta sœur d'Italie. Et je me réjouis de voir que nous sommes devenus amis.

— Amis, vous et moi ? Cela ne se peut !

— Il le faut pourtant, mon tout doux. Crois-tu que je t'aide à sauver Angelina, pour ses beaux yeux ? Ou pour les tiens ? Pour la gloire ? En pure perte ? Pour une reconnaissance que je n'obtiendrai jamais ?

---

4. Voir tome 2, *L'allée de lumière*.

Le Grand Diamant Bleu

Le rire infernal de la sorcière retentit à nouveau dans la réserve.

– Je sais que ton souhait le plus cher est d'anéantir mon œuvre, cette magnifique malédiction des miroirs, une de mes plus belles réussites ! Je t'ai dit que je savais tout. Approche-toi de moi, je vais te souffler à l'oreille de quelle manière tu pourras parvenir à ton but.

Fabio obéit.

Après avoir écouté la Voisin lui exposer son plan, il se redressa, furieux :

– C'est un pacte avec le diable que vous me proposez là !

– Laisse le démon à ses affaires, il est trop occupé pour se mêler de si petites choses. Il ne s'agit là que d'un arrangement entre toi et moi. Un petit arrangement entre amis...

La Voisin exultait !

Pendant quelques instants, elle s'amusa à contempler la mine déconfite de Fabio confronté au chantage qu'elle exerçait sur lui. S'il voulait vraiment innocenter Angelina, il était obligé d'en passer par ses caprices de sorcière... Sinon elle ferait en sorte que le tableau disparaisse à jamais, privant Fabio du seul moyen de pression dont il disposait pour faire céder la redoutable Maintenon.

– Sache encore une chose, ajouta-t-elle. Le Grand Diamant Bleu porte déjà la marque de ma sorcellerie, dans une petite inclusion qu'il a en son centre et qui conserve toute mémoire.

– Comment est-ce possible ?

– Le roi était faible avec la flamboyante Montespan, du temps qu'elle était en faveur. Il ne rechignait pas à lui prêter le Grand Diamant Bleu, quand elle en exprimait le désir. À plusieurs reprises, elle l'a arboré au cours des messes noires que j'ordonnançais pour elle... Je puis t'assurer qu'il ne portera pas bonheur à la perfide Maintenon, sa nouvelle propriétaire.

Fabio écarquillait les yeux sous l'effet de la surprise.

Le Grand Diamant Bleu

– Ah, une dernière chose que j'allais oublier, et qui te rendra service... Pense à l'envers du miroir.

Le reflet de la Voisin disparut brusquement, tandis que l'écho de sa voix résonnait :

– L'envers du miroir, Fabio... L'envers du miroir... L'envers du miroir...

Le jeune homme vit alors son visage réapparaître, de profil.

Il saisit la petite glace et, d'un geste machinal, il la retourna : sur l'arrière, le plomb était travaillé d'une manière fort singulière...

14

Une semaine plus tard, à dix heures du matin, en passant de ses appartements dans la Galerie des Glaces, pour se rendre à la chapelle, Louis XIV affichait un sourire radieux. Il annonça lui-même, aux courtisans qui le saluaient, que sa fille Marie-Anne était sauvée. Les médecins qui se relayaient auprès d'elle depuis le début de sa maladie étaient formels: dans quelques jours, elle serait sur pied! Le souverain ne s'étendit pas sur ce que chacun savait à propos des vilaines cicatrices résultant de la petite vérole. Bien sûr, la princesse ne réapparaîtrait pas de si tôt en public. Elle resterait dans ses appartements, le temps nécessaire aux rougeurs et boursouflures de s'estomper. Quant aux marques qui allaient couturer son visage, faute de pouvoir les effacer, un maquillage soigné les dissimulerait. Tant de gens étaient affectés par ce fléau, il n'y avait là rien que de très ordinaire. Toutefois, à la cour, la curiosité piquait bon nombre de personnes, les femmes en particulier. Elles guetteraient la première sortie de Marie-Anne pour juger des dégâts causés par le mal, et se lancer dans d'infinies comparaisons.

Dans sa joie de voir sa fille bientôt guérie, le roi avait omis d'informer les courtisans que le prince de Conti, le jeune époux de Marie-Anne, avait lui aussi contracté la petite vérole. À force de rester au chevet de sa tourterelle, de lui tenir la main et de respirer le même air qu'elle, le mal s'était emparé de lui avec encore plus de férocité qu'il ne l'avait fait pour la princesse. Les médecins parlaient d'une mort imminente[1],

---

1. La maladie de Marie-Anne de Conti et la mort de son mari ont, en réalité, eu lieu en octobre-novembre 1685.

mais le roi, qui n'appréciait guère Conti, n'avait pas l'air incommodé par l'éventualité de sa disparition. Il se préoccupait plutôt de futilités. Il estimait que le cadeau qu'il réservait à son enfant chérie ne pouvait plus attendre. Il fit expédier un pli à la manufacture pour informer Domenico qu'il exigeait la livraison et la pose des glaces au-dessus de la cheminée du salon de Marie-Anne le jour suivant. Le roi ajoutait en outre que, sur ses ordres, une troupe de mousquetaires se rendrait à la manufacture dès l'aube pour escorter le précieux convoi de miroirs jusqu'à Versailles.

Le lendemain, vers midi, au rythme lent du pas des chevaux de trait, le fourgon transportant les trois *très grands miroirs*[2] entrait dans la cour royale. Comme pour la livraison des caisses de glaces destinées à la Grande Galerie, quelques mois plus tôt, Domenico, Marcellin et Fabio étaient du voyage. Pasquale, revenu de Murano à la fin de l'été, pour

---

2. Il fallait deux ou trois très grands miroirs, placés l'un à côté de l'autre dans un encadrement, pour constituer un trumeau, et couvrir ainsi la surface allant de la tablette de la cheminée au plafond.

reprendre son activité à la manufacture, les accompagnait, ainsi que six apprentis. Les quatre maîtres verriers relevaient fièrement la tête sous leur bonnet de toile ! Ils avaient mené des recherches laborieuses pour mettre au point le coulage sur table de la pâte de verre, afin d'obtenir des glaces de dimensions bien supérieures à ce qui existait jusqu'à présent. Leur travail acharné se voyait enfin récompensé, et, en ce jour, trouvait un royal aboutissement.

Les trois énormes caisses, contenant chacune un *très grand miroir*, furent descendues du fourgon avec les mêmes précautions que si l'on eût transporté le Saint Sacrement. Les miroitiers, sauf Domenico, et les apprentis, aidés des mousquetaires, les portèrent ensuite jusqu'aux appartements de Marie-Anne. Les valets de la princesse se chargèrent des coffres où étaient rangés les outils dont les miroitiers auraient besoin.

Tout en surveillant du coin de l'œil l'arrivée des caisses, Domenico observait la pièce, assez claire et spacieuse. Il en conclut qu'elle serait encore plus lumineuse, une fois les miroirs mis en place. Les murs étaient tendus de brocart corail, brodé de fleurs et de feuillage aux teintes douces, pareil à celui des rideaux. La cheminée harmonieusement taillée et sculptée dans un marbre *griotte*, retint son attention. Un immense et magnifique encadrement de bois doré, très raffiné, était posé sur la cheminée et appuyé contre le mur, prêt à accueillir les miroirs qu'il allait habiller.

Dès que la nuée des domestiques de Marie-Anne et les mousquetaires eurent disparu, Domenico envoya les apprentis vérifier si rien n'avait été oublié dans le fourgon. Il les chargea de conduire ensuite les chevaux à la Petite Écurie pour que les palefreniers les pansent et les nourrissent.

– Toi ! lança-t-il à l'un des apprentis. Tu restes avec nous, on va avoir besoin de bras.

Le jeune ouvrier obtempéra, et vint prêter main-forte à Fabio, Marcellin et Pasquale qui déplaçaient avec peine le cadre de bois doré.

Aussitôt la porte refermée, l'apprenti enleva son bonnet de toile, et laissa s'échapper la masse bouclée de ses cheveux bruns. Angelina avait endossé l'habit des verriers pour tromper la vigilance des policiers qui montaient la garde à la manufacture, et passer inaperçue en arrivant à Versailles.

— Es-tu folle ? se fâcha Domenico, mais à mi-voix pour ne pas attirer l'attention des domestiques toujours aux aguets dans les grandes Maisons. Remets c'bonnet tout d'suite ! Imagine un peu que quelqu'un vienne à entrer sans prévenir !?

— Je m'inquiète pour Émilie et Valentine, dit Angelina, en replaçant docilement sur sa tête le couvre-chef de grosse toile, censé protéger les travailleurs de la chaleur des fours et des éclats de verre. Si les gardes s'aperçoivent de mon absence, elles auront des ennuis.

— Pour sûr, confirma Domenico. Et moi aussi, pour avoir désobéi au roi qui a ordonné qu'tu sortes point d'la manufacture ! Alors, tais-toi ! On doit pas entendre une voix d'fille, ici. Et file rejoindre Cendrène à l'office. Elle est dans la confidence. Fabio va t'accompagner, il connaît les lieux.

Le Grand Diamant Bleu

Les deux jeunes gens s'éclipsèrent tandis que les verriers se mettaient à l'ouvrage.

– Ah! Vous voilà enfin! soupira Cendrène. C'est que j'ai pas qu'ça à faire de vous attendre, moi! La princesse va mieux, elle a repris ses esprits, et nous assomme avec toutes sortes de caprices qu'il faut aussitôt satisfaire...

Angelina ne fut pas surprise que les bonnes nouvelles de la santé de Marie-Anne aient pour effet de faire naître un joli sourire sur le visage de Fabio.

– Vaque à tes occupations, lui lança-t-elle. Laisse-nous à nos préparatifs, et reviens dans un moment.

Fabio abandonna Angelina et Cendrène, mais, au lieu de retourner dans le salon de Marie-Anne pour aider à l'installation du trumeau[3], il s'élança dans les couloirs de service, en direction des appartements de Mme de Maintenon.

---

3. Panneau de glace d'un dessus de cheminée.

15

La marquise ne s'attendait évidemment pas à cette visite...

Fabio, vêtu de sa blouse de travail, avait prétexté des mesures à prendre pour une commande d'ébénisterie. S'il avait décliné son identité, aux Gardes Suisses en faction devant la porte de la nouvelle épouse du roi, ou seulement dit qu'il était miroitier, la Maintenon se serait méfiée et l'aurait éconduit.

— Fabio Morasse? grinça-t-elle, depuis son alcôve carmin, où elle était assise en train de rédiger une lettre.

Fabio sourit, ravi de la mauvaise surprise qu'il lui réservait. Il était néanmoins étonné qu'elle l'ait si vite reconnu, alors qu'à Versailles, lors de l'inauguration de la Galerie des Glaces, au milieu des courtisans qu'il avait croisés l'année précédente, personne n'avait semblé se souvenir de lui.

— Pour vous servir, madame, répondit-il en s'inclinant.

La Maintenon tendit son écritoire à une femme de chambre qui fila aussitôt par une porte dissimulée dans la tenture.

— Que voulez-vous ?

— Vous rappeler une conversation que vous et moi avons eue, l'an dernier[1].

— On m'a dit que vous aviez perdu la mémoire...

— Je l'ai fort heureusement retrouvée.

Le teint de la marquise vira au gris.

— Vous tremblez, madame. Et, ma foi, vous avez raison de trembler ainsi... Pour vous, l'heure est venue de rendre des comptes.

---

1. Voir tome 2, *L'allée de lumière*.

— De quoi parlez-vous ?

— Toute excellente chrétienne que vous soyez, vous n'en êtes pas moins une menteuse ! Et une manipulatrice de haut vol !

— Comment osez-vous ?

— Je suis capable de toutes les audaces pour sauver ma sœur Angelina. Je ne vous épargnerai rien, madame. Ma sœur est innocente ! Elle n'a pas volé le Grand Diamant Bleu, et vous le savez mieux que quiconque, puisque c'est vous qui l'avez caché afin de l'accuser !

La Maintenon afficha une moue dubitative.

— Qu'est-ce qui vous permet d'être aussi affirmatif ?

Fabio ne pouvait évidemment pas évoquer ses visions dans les miroirs maudits, et encore moins le spectre de la Voisin.

— Croyez-vous vraiment que je vais vous le dévoiler ? répondit-il. Voilà une révélation que je réserve au roi, si toutefois vous persistiez dans votre mensonge.

— N'allez pas vous figurer, jeune homme, que le roi vous croira ! Pas vous ! Après l'odieux comportement que vous avez eu l'an passé à la cour ! De plus, lorsqu'on accuse quelqu'un, il faut des arguments, non ?

— En ce cas, quelles preuves avez-vous de la culpabilité de ma sœur ?

— Avez-vous été éduqué chez les jésuites pour répondre ainsi à une question par une autre question ?

Fabio demeura muet, et fixa la marquise. Elle soutint son regard quelques instants, puis déclara :

— La belle Angelina aux yeux d'azur a grandi dans une geôle, au contact quotidien des malfrats de tout poil. De plus, elle m'a avoué être la bonne amie d'un prisonnier présumé assassin... Cela me paraît suffisant pour douter de son honnêteté. Pourriez-vous affirmer qu'elle n'est pas capable de commettre un tel larcin ?

— Pensez ce que vous voulez. Ma sœur est innocente, je le sais, et je vais vous confondre ! Mes souvenirs sont intacts. Jugez vous-même : je me suis rendu au domaine de Villarceaux, et j'en ai rapporté le tableau qui vous représente, et que vous craignez tant de voir réapparaître... Je vous engage à retrouver le Grand Diamant Bleu, malencontreusement «égaré», madame. Sinon cette toile où, il faut le reconnaître, vous êtes resplendissante de jeunesse et de nudité sera présentée au roi et à toute la cour !

— Mais...

— Je précise que, cette fois, il est inutile d'envoyer vos sbires pour tenter de m'assassiner. J'ai un cuisant souvenir de l'attaque en règle que vous aviez commanditée contre ma personne, par une nuit profonde, devant la porte du couvent du Carmel de la rue Saint-Jacques. Vous avez manqué réussir, j'en conviens. J'ai failli ne point me relever de mes blessures. Mais vous me voyez là tout à fait rétabli, et fermement résolu à sauver ma sœur, en vous imposant de rétablir la vérité. Sachez que le tableau ainsi qu'une lettre relatant son histoire ont été confiés à une personne sûre, avec mission de remettre l'ensemble au roi, si par malheur il m'arrivait la moindre chose.

Dans son alcôve carmin, la marquise, livide et incapable de prononcer une parole, était pétrifiée de peur.

Fabio s'approcha d'elle au point qu'elle dut sentir son souffle sur le visage.

— Réfléchissez, madame, susurra-t-il. Vous avez beaucoup à perdre dans cette affaire. Beaucoup plus qu'Angelina...

Lorsque Fabio retourna dans le salon de Marie-Anne, le travail était assez avancé, et Angelina était de retour. Cendrène lui avait fait endosser la tenue des femmes de chambre de la princesse.

Fabio la saisit par le bras et l'entraîna dans l'embrasure d'une fenêtre.

— Qu'est-ce que tu fais dans cet accoutrement ? la sermonna-t-il à voix basse. On risque de te reconnaître ! Tu devais commencer à mener l'enquête sur les petits miroirs, vêtue comme un miroitier, pour ne point attirer l'attention.

— Cendrène m'a beaucoup parlé de Léonie. J'ai appris des choses fort intéressantes, susceptibles

Le Grand Diamant Bleu

de nous conduire à celui qui a fabriqué le miroir de cette malheureuse. Et le costume que je porte...

– Fi du costume! l'interrompit Domenico qui avait rejoint ses enfants. Raconte c'que t'as appris!

– Père, vous rappelez-vous le jeune valet qui est venu nous voir, à l'office, chez Marie-Anne, alors que vous attendiez d'être reçu par le roi?

– Juste après la cérémonie dans la Grande Galerie. J'm'en souviens. Pour sûr!

– Jeannot, c'est son nom, était éperdument amoureux de Léonie. Il lui avait avoué ses sentiments et, à plusieurs reprises, l'avait priée d'être sa bonne amie. Mais, à chaque fois, il essuyait le même refus.

– Venons-en au fait, Angelina! s'impatienta Fabio. Tu vas finir par nous endormir avec cette fable. J'ai déjà envie de bâiller...

Angelina haussa les épaules, et continua son récit:

– Plutôt qu'un Jeannot trop jeune, freluquet, et armé d'un balai... Léonie lui aurait répondu qu'elle préférait son Anselme et sa clef lyre.

– Pas très flatteur pour le pauvre Jeannot ! Elle était quand même un peu garce, la Léonie ! ironisa Fabio.

– Attendez ! s'exclama Domenico. La clef lyre, est un indice précieux. C'est la clef qu'possèdent les fontainiers ! Elle sert à ouvrir les vannes, et à faire jaillir l'eau dans les bassins du parc, quand l'roi s'y promène. Maintenant, tout s'éclaire. La façon dont la matière est travaillée sur l'envers du miroir d'Léonie, avec des rainures, comme si on avait aplati l'métal avec un objet arrondi. C'est caractéristique des soudures qu'les fontainiers réalisent sur les conduites d'eau souterraines, lorsque des dérivations ou des réparations s'imposent. On les appelle des *soudures à la louche.*

– Pour les miroirs de Léonie et Cendrène, qui sont infiniment plus petits que les conduites d'eau, on pourrait davantage parler de soudures à la petite cuillère..., crut bon d'ajouter Fabio en s'esclaffant.

Angelina et Domenico le regardèrent, étonnés.

– Qu'est-ce qui te prend de faire le malin, aujourd'hui ? lui demanda sa sœur. C'est parce que tu es heureux de savoir que Marie-Anne va survivre, et que sa guérison est proche ? C'est cela qui te délie l'esprit et la langue ?

Fabio leva les yeux au ciel.

Domenico ramena son monde au sujet qui les préoccupait :

– C'qu'on sait, maintenant, c'est qu'pour en finir avec ces miroirs ensorcelés, il nous faut trouver un fontainier prénommé Anselme.

– Voilà en quoi la tenue de servante que je porte sera utile...

Fabio écarquilla les yeux. En quoi une robe pouvait-elle être d'un intérêt quelconque dans cette affaire ?

– Tu vas nous expliquer ça en route, ma fille. Nous nous rendons immédiatement à l'atelier des fontainiers !

16

En chemin, entre le château et les réservoirs, où se trouvaient les ateliers, Angelina avait expliqué son plan à Domenico et Fabio.

C'était simple... Elle comptait se faire passer pour l'amie de Léonie, celle qui partageait sa chambre sous les toits, au-dessus des appartements de Marie-Anne. Pour réussir, elle devait se présenter, non accompagnée, sous un faux nom, et tenter d'amadouer Anselme. Son but était de récupérer les brisures de la glace, si toutefois le fontainier en avait encore en sa possession. Sinon elle essaierait d'obtenir les noms de ceux qui en avaient acheté à Léonie.

Le moment était idéal, Anselme était seul dans l'atelier, occupé à réparer un tuyau de plomb en réalisant une soudure à la louche. Les autres fontainiers étaient à l'ouvrage dans le parc du château, où ils entretenaient les bassins et le réseau des canalisations d'eau.

— Comment tu dis qu'tu t'appelles ? Alba ? T'es italienne ?

— Je suis née à Rome. Ça s'entend, non ?

— Ma foi, oui ! J'connais par cœur cette manière de faire chanter les mots. Y'a beaucoup d'Italiens à Versailles, et surtout parmi les fontainiers. La famille Francini[1], ça te dit quelque chose ?

— Non, je ne les connais pas, mais leur nom indique qu'ils sont originaires de Toscane.

---

1. Famille de fontainiers ayant créé le système hydraulique qui alimentait les bassins et les fontaines du parc du château de Versailles.

— C'est vrai, ils sont florentins... Alors, tu veux reprendre le commerce de Léonie, et vendre mes miroirs?

— Oui... J'ai le mal du pays, et je voudrais m'en retourner en Italie pour vivre auprès des miens. Hélas, mes gages ne suffiront jamais à financer le voyage. Et comme Léonie m'avait dit que tu la payais correctement, je te propose de prendre sa place. Tu verras, tu seras content de moi. Est-ce que tu me donneras autant qu'à elle?

Angelina prenait le risque d'être démasquée, car, en réalité, tout le monde ignorait si Léonie était ou non rétribuée pour ses services.

— Ah, ma pauvre Léonie..., se lamenta le fontainier. On devait s'marier au printemps. J'sais pas si j'retrouverai aussi jolie et dégourdie qu'cette petite femme-là...

Une infinie tristesse envahit Anselme, à l'évocation de sa promise défunte. Durant quelques instants, son regard clair embué de larmes se fit lointain.

Les Miroirs du Palais

Angelina respirait mieux. Jusque-là son stratagème fonctionnait... Anselme n'avait pas même froncé un sourcil à l'évocation de la rétribution de Léonie.

Elle observa ce grand gaillard d'une vingtaine d'année, aux mains puissantes, balafrées de brûlures et de cicatrices à force de manipuler du métal fondu pour les soudures. Sa tenue était quasiment identique à celle des ouvriers de la manufacture : une blouse large et un bonnet de toile. Anselme était roux et portait les cheveux mi-longs, attachés en catogan. Une barbe hirsute adoucissait ses traits anguleux, et par moments, il affichait un sourire agréable quoique très édenté sur les côtés.

— Entendu, Alba, tu m'as l'air honnête, dit-il enfin, en clignant des paupières comme s'il venait de se réveiller. J'crois que j'peux t'confier ma marchandise, et tu recevras la même somme que j'donnais à Léonie. Mais j't'interdis d'rêver... t'auras pas mon cœur !

— C'est point ce que je recherche, j'ai déjà un fiancé... Il m'attend dehors. Tu veux bien que je lui dise de nous rejoindre ? Il sera content de la bonne nouvelle, et aussi de faire ta connaissance.

– Ma foi, si ça t'fait plaisir.

Angelina n'en revenait pas que la conversation lui ait, si facilement, offert l'occasion de faire entrer Fabio dans l'atelier. Elle courut à la porte et appela son frère, tout en faisant signe à Domenico de se tenir à l'écart pour ne pas éveiller les soupçons des habitués du lieu.

– Comment tu t'es procuré des glaces ? demanda Fabio au fontainier, après que les présentations eurent été faites. C'est rare et fort cher !

– Figure-toi qu'au moment du curage du bassin d'Neptune, il y a quelques semaines, j'ai récupéré des morceaux d'miroirs qui stagnaient au fond. Je m'demande qui peut bien jeter des choses comme ça qui valent si cher. Alors, je m'suis dit que j'pourrais sûrement en tirer profit. Et c'est c'qui s'est passé. J'ai déjà gagné deux beaux écus !

Les Miroirs du Palais

Angelina et Fabio approuvèrent d'un mouvement de tête. Leur hypothèse se révélait exacte : les morceaux de miroirs venaient du bassin où Fabio avait jeté la glace ensorcelée, brisée dans la Grande Galerie.

— Combien en as-tu vendu ? demanda encore Fabio.

— Pour l'instant, deux. Et c'est le jour de la livraison du deuxième que ma Léonie s'est noyée !

— Pas plus de deux ? fit Angelina déçue. C'est trop peu pour faire fortune !

Le frère et la sœur venaient d'apprendre ce qu'ils espéraient découvrir : deux miroirs seulement ! Celui de Cendrène et celui de Léonie. C'était une bonne nouvelle ! De plus, les autres morceaux se trouvaient probablement à portée de main, dans cet atelier...

— Dame, c'est que la plupart des bouts de miroirs sont trop petits pour en faire quoi que ce soit, expliqua le fontainier. Tenez, j'vais vous montrer...

Anselme tourna les talons, et se dirigea vers des rayonnages qui tapissaient un mur entier de l'atelier.

Le Grand Diamant Bleu

Une ribambelle de boîtes en bois, en carton, et de paniers, petits et grands, étaient soigneusement alignés sur les étagères. Le fontainier en attrapa une, sur la plus haute planche.

– Voyez plutôt! dit-il en soulevant le couvercle.

La lumière du jour qui pénétrait par la fenêtre fit scintiller les fragments de miroirs. Fabio crut entendre un rire métallique s'échapper de la boîte. Il regarda Angelina et Anselme: ni l'un ni l'autre n'avait bronché. Il pensait donc être le seul à avoir perçu la présence maléfique de la Voisin. Mais, il vit avec effroi que les yeux d'Angelina étaient devenus vairons... Tout à son affaire de commerce de glaces, Anselme semblait ne pas avoir remarqué le changement de couleur des yeux d'Angelina. Fabio en déduisit que le fontainier devait posséder un caractère fort qui le rendait imperméable à la malédiction. En réalité, il se trompait...

– Ces miroirs-là sont endiablés, déclara Anselme, le plus calmement du monde. J'y ai vu des choses qu'vous n'imaginez point.

Fabio tressaillit...

— Que t'ont-ils montré pour que tu en conclues qu'ils sont endiablés ?

— Ils m'ont donné à voir mon père qu'j'ai si peu connu. Il était menuisier. La mort l'a emporté alors qu'il travaillait sur le chantier du château, en 1666. Nous étions quatre enfants, et du haut d'mes six ans, j'étais l'aîné.

— Dans quelles circonstances a-t-il disparu ? lui demanda Angelina.

— Le soir du drame, on nous a rapporté l'corps de mon père, en disant qu'il était tombé d'assez haut. Ma mère nous a répété qu'il était mort parce qu'il avait eu un accident. Il y en avait tant à cette époque-là ! La construction du palais a fait bon nombre de victimes. La nuit, on emportait en secret les cadavres sur une charrette... Ah ça, les risques ne manquaient pas d'perdre la vie ! La malaria, à cause des moustiques qui infestaient les marais alentour, les chutes, les écrasements, les blessures qui guérissent jamais, toutes les maladies...

Le Grand Diamant Bleu

Anselme se lança ensuite dans le récit complet de ce que les brisures de miroirs lui avaient révélé. La scène qui s'était déroulée dans le salon de Louise de La Vallière lui était clairement apparue. Il avait lu l'effroi sur le visage de son père lorsqu'il avait ouvert la caisse de miroirs. Il l'avait vu perdre l'équilibre, dégringoler de son échafaudage[2], et se fracasser la tête sur le parquet. Tout ce que sa mère lui avait raconté était faux. L'accident, la malheureuse y croyait dur comme fer, mais il ne s'agissait pas d'un accident... En réalité, les glaces étaient ensorcelées, et son père était l'innocente victime d'une malédiction qui ne le visait pas. La cible était la favorite, cette La Vallière, que le diable voulait punir. Puis Anselme avait compris autre chose... Que, d'une part, les fragments retrouvés dans la vase qui tapissait le fond du bassin de Neptune appartenaient aux miroirs qui avaient tué son père. Sinon pourquoi lui auraient-ils montré cette scène ?

---
2. Voir tome 1, *Le serment de Domenico*.

Et que, d'autre part, cela n'avait rien à voir avec la construction du château. Ces glaces étaient uniquement destinées à satisfaire les caprices d'une favorite ! Selon Anselme, mourir pour l'édification du palais de Louis XIV, *le plus grand roi du monde*, passait encore. Mais périr pour qu'une parvenue puisse faire la coquette devant une paroi de glaces, voilà qui était proprement insoutenable ! Voilà au nom de quoi on l'avait privé de père ! Pour le fontainier, c'était insoutenable au point d'avoir fait naître en lui un besoin de vengeance.

Évidemment, Anselme ignorait que Louise de La Vallière était une jeune femme simple et désintéressée. Jamais elle n'avait rien commandé de tel. Les miroirs étaient un cadeau du roi.

Le pécule que le roi et la La Vallière avaient octroyé à sa mère avait permis d'aider la famille durant deux années à peine. Après, le temps de la misère était venu... Un an plus tard, la mère d'Anselme était morte. À force de s'échiner au travail pour nourrir ses quatre enfants, elle s'était affaiblie, et une maladie de poitrine l'avait emportée en quelques semaines. Anselme avait neuf ans. Il travaillait déjà très dur. Sa sœur de sept ans également. Mais leurs gages étaient si minces qu'ils n'avaient pu subvenir aux besoins des deux plus jeunes, une fille et un garçon, âgés de six et quatre ans. Les deux petits avaient été conduits à l'orphelinat, et Anselme ne les avait jamais revus... Le malheur, la misère et la mort s'étaient ainsi abattus sur sa famille, et tout cela, il en avait la certitude, à cause des exigences d'une courtisane !

Depuis lors, le fontainier rêvait de punir Louise de La Vallière, d'une manière ou d'une autre...

– J'ai beaucoup réfléchi et j'me suis renseigné. La dame en question est recluse au Carmel de la rue Saint-Jacques. Un couvent des mieux gardés. Elle est inatteignable !

– De ce fait, as-tu renoncé à ta vengeance ? demanda Angelina.

– Que nenni ! Et les brisures de glace qui m'restent, m'ont donné une idée précieuse ! Attendez, vous allez comprendre...

Les Miroirs du Palais

Anselme alla chercher une autre boîte en bois, en haut de l'étagère.

— Vous voyez c'grand morceau ? dit-il après avoir soulevé le couvercle.

Fabio estima qu'il représentait un peu moins du quart de la surface du miroir d'origine.

— Une belle pièce, non ? triompha Anselme.

— En effet, reconnut Angelina. Est-ce le miroir que je vais devoir vendre ?

— Celui-là n'est point à vendre. Il est ma vengeance ! J'vais vous expliquer...

Lorsque Angelina et Fabio quittèrent l'atelier, ils portaient chacun une boîte... Leurs joues étaient rouges, et ils pressaient le pas.

Ils rejoignirent Domenico et, sans perdre un instant, l'entraînèrent avec eux en direction du château.

— Vous en avez mis un temps ! J'commençais à m'inquiéter !

— Avançons, père, nous parlerons plus tard, chuchota Angelina.

Hors d'haleine, ils entrèrent dans le salon de Marie-Anne.

Marcellin, Pasquale et les apprentis avaient terminé leur ouvrage. Le trumeau du salon de Marie-Anne était une splendeur!

– Vous avez fait un travail remarquable! les félicita Domenico.

Il signala ensuite aux deux maîtres verriers qu'il tenait à rester seul un moment avec ses enfants. Les deux hommes envoyèrent aussitôt les apprentis récupérer l'attelage à la Petite Écurie, et sortirent attendre dans la cour, en prisant un peu de tabac et en buvant du vin.

Angelina et Fabio racontèrent alors à leur père de quelle manière ils avaient manœuvré afin de récupérer ce qui restait des miroirs ensorcelés.

En conclusion, Angelina expliqua:

– Imaginez-vous que, faute de pouvoir atteindre la pauvre Louise, Anselme comptait s'en prendre à Marie-Anne! Or, ayant appris la nouvelle de sa maladie, il craignait seulement que la petite vérole n'emporte la princesse, et ne le prive de sa vengeance... Nous lui avons suggéré qu'il serait peut-être préférable de mettre fin à la malédiction en détruisant les glaces, plutôt que de se complaire dans la revanche. Il a refusé tout net! Alors, nous lui avons proposé de racheter les brisures de miroirs. Cette fois, il a compris que je n'étais pas l'amie de Léonie. Il a levé la main sur moi en hurlant que je l'avais trompé...

– À ce moment-là, continua Fabio, j'ai saisi la louche avec laquelle il faisait sa soudure quelques minutes auparavant, et je l'ai assommé. J'avoue que je n'en suis pas fier...

– Console-toi en pensant que tu as sauvé ta sœur, le rassura Domenico.

– Et Marie-Anne..., ajouta le jeune homme. En vendant des miroirs, ce chien d'Anselme comptait gagner suffisamment d'écus pour acheter des feuilles d'or. Il s'apprêtait ainsi à façonner un cadre luxueux pour habiller le plus gros morceau. À n'en pas douter, il aurait obtenu une fort jolie glace à offrir à la princesse de la part d'un admirateur anonyme. Bien sûr, notre fontainier espérait qu'elle y verrait des choses terribles qui auraient une incidence néfaste sur son existence. Vous n'ignorez plus rien, père. Telle était la vengeance d'Anselme !

17

Le lendemain matin...

Pendant que Valentine frottait le parquet des chambres, Angelina et Émilie étaient à la cuisine, occupées à trier des lentilles. Elles surveillaient également le pain qui cuisait, attendant qu'il soit doré à souhait pour le sortir du four. Tout devait être prêt à midi, lorsque Domenico, Fabio, Marcellin et les apprentis arriveraient de l'atelier pour le dîner.

Angelina avait le regard triste des mauvais jours. Parfois, elle se réveillait en pensant à Venise. Dans ces moments-là, les ruelles, les marchés colorés, les canaux, les ponts, la lumière qui baigne la lagune, le chant des gondoliers, mais aussi les palais pavoisés, le carnaval et les masques, et... surtout ses parents adoptifs lui manquaient cruellement.

— Te voilà bien morose, ma jolie, lui dit doucement Émilie. Que t'arrive-t-il ?

Angelina poussa un long soupir.

— Hier soir, tu le sais comme moi, mon père a emporté les dernières miettes du miroir ensorcelé, pour les cacher ou les détruire. Ainsi, ils ne feront plus de victime ! Et puis, Marie-Anne est guérie ! Elle va bientôt reprendre sa vie de princesse à la cour. Le roi m'a offert d'être sa lectrice italienne, ce qui est un grand honneur. Si je n'étais pas injustement accusée de vol, je serais déjà auprès d'elle pour la distraire en lui parlant de Venise. Tout irait pour le mieux ! Au lieu de cela, me voilà clouée ici, avec sur les épaules, le fardeau du vol dont on m'accuse à tort, et la menace de finir ma vie derrière les barreaux. Sans parler de la honte qui retomberait inévitablement sur toute la famille. Cette Maintenon est un serpent ! Si...

Le Grand Diamant Bleu

Angelina fut interrompue par Domenico qui ouvrit la porte à la volée et entra, un grand sourire aux lèvres.

– Un messager vient d'arriver. Vous avez point entendu les bruits d'sabots ?

– Ma foi, non, répondit Émilie, l'air désabusé. Des visiteurs, c'est pas ça qui manque, à la manufacture ! Il en arrive presque à chaque heure du jour. On n'y prend plus garde. Pourquoi voudrais-tu que ce cavalier-là, plus qu'un autre, ait attiré notre attention ?

– Parce qu'il était porteur d'un pli destiné à votre serviteur, déclama-t-il en s'inclinant respectueusement.

Toutes deux le regardèrent, incrédules.

– Tu te moques de nous, avec tes simagrées ? s'impatienta Émilie. Viens-en au fait !

– Je m'permettrais pas d'plaisanter lorsqu'il s'agit d'une missive royale.

– Le roi t'a écrit ? bondit Angelina.

– Si fait, ma chérie. J'sors à l'instant du bureau d'Pierre de Bagneux, qui m'a lu c'que Sa Majesté avait à m'faire savoir.

— Et alors ?

— Ma fille, toi et moi sommes convoqués à Versailles, cette après-dînée.

La réaction d'Angelina ne ressembla en rien à ce que son père avait imaginé. Il s'attendait à une explosion de joie, il fut confronté à un déluge de larmes.

— Ma vie est finie... Le roi va me signifier mon emprisonnement pour de très longues années..., sanglota-t-elle en se précipitant dans les bras de son père.

— J'vois point les choses comme ça, lui répondit Domenico. J'pense même tout l'contraire. S'il était convaincu d'ta culpabilité, le roi prendrait pas la peine de t'recevoir. On aurait vu arriver un fourgon escorté d'une troupe de mousquetaires. Leur capitaine t'aurait donné lecture d'la lettre de cachet signée par le roi, et t'aurais été menée directement au Châtelet. Fais-moi confiance, il y a autre chose !

— Tu crois ?

— J'en suis sûr. Réfléchis... T'as même pas été interrogée par la police. Le roi m'avait pourtant bien dit qu'tu l'serais. Sans enquête, sans interrogatoire, sans jugement, pas d'preuve de ta culpabilité. Alors, en attendant, tu bénéficies toujours d'la clémence royale. Ah ça, tout l'monde a pas droit à c'régime de faveur ! Tu l'dois à mon travail, certes, mais surtout à tes beaux yeux ! Allons, sèche tes pleurs et appelle Fabio, il vient avec nous. File te préparer, il faut partir tout d'suite ! Émilie, mets d'quoi manger pour trois dans une besace. On cassera la croûte dans l'coche pour Versailles.

– Pour quatre ! rectifia Émilie. Je viens aussi ! Valentine s'occupera du dîner des verriers.

Domenico interrogea sa femme du regard.

– J'ai envie de voir Cendrène, et, si toutefois par malheur, Angelina avait raison, je veux l'embrasser avant que les gardes l'emmènent.

Le miroitier fixa Émilie quelques instants. « Dépêchons-nous ! » fut tout ce qu'il trouva à répondre.

Les Miroirs du Palais

Louis XIV avait décidé de reprendre pour son usage personnel les pièces que la marquise de Montespan allait bientôt libérer. D'importantes modifications étaient à prévoir. Les appartements privés du premier étage du château étaient aux mains de l'architecte Jules Hardouin-Mansart et de ses ouvriers, qui évaluaient l'ampleur de la tâche. C'est dans cette ambiance laborieuse, empreinte d'une certaine effervescence, qu'Angelina et Domenico furent introduits dans le cabinet de travail de Louis XIV.

Domenico nota chez le souverain un changement radical de physionomie. Il souriait. Sans doute, la guérison de Marie-Anne n'était-elle pas étrangère à cette bonne humeur.

Au même moment, furieuse, la belle Athénaïs, qui venait de déserter les lieux, se plaignait de la cruauté du roi, à Mme de Maintenon, sa rivale. Elle espérait secrètement que la nouvelle «reine» de Versailles trouverait les arguments susceptibles d'attendrir le roi, et l'aiderait ainsi à conserver son magnifique appartement... Personne à la cour n'était capable

Le Grand Diamant Bleu

de faire changer d'avis le souverain, sauf Mme de Maintenon! Le problème était que la Montespan avait choisi la pire méthode pour la convaincre d'agir en sa faveur. Sa colère et son ressentiment étaient tels qu'elle ne pouvait s'empêcher de couvrir de reproches son interlocutrice:

– Pensiez-vous sérieusement que Louis allait faire enfermer Angelina au Châtelet? persifla-t-elle. Une si jolie fille? Dont il est tombé amoureux? Où avez-vous donc la tête, ma chère? Le bruit court que vous accusez de vol cette Italienne. Et pas n'importe lequel! Est-ce là toute l'étendue de votre imagination? Je vous pensais plus astucieuse. Vous me décevez... Aimeriez-vous apprendre de quelle manière j'aurais agi, moi, si j'occupais la place privilégiée qui est aujourd'hui la vôtre?

L'air pincé, Françoise de Maintenon l'avait écoutée, bien calée dans son alcôve carmin.

– Je suis impatiente que vous m'expliquiez votre façon de voir les choses.

– Au lieu d'essayer de l'écarter de la cour, comme vous l'avez fait, pourquoi ne pas lui avoir laissé prendre ses fonctions de lectrice auprès de Marie-Anne ? Elle aurait tout bonnement contracté la petite vérole ! Au mieux, le mal l'aurait emportée, au pire, il l'aurait laissée en vie mais avec un visage couturé de cicatrices. Le roi se serait détourné d'elle ! Que n'avez-vous songé à cela ? !

– Vous êtes diabolique...

– Il n'y a pas si longtemps, on m'a accusée d'avoir eu commerce avec les sorciers, et principalement avec la Voisin. Peut-être ai-je conservé de ces calomnies une certaine tournure d'esprit !

Mme de Maintenon était devenue livide. D'ordinaire, si sûre d'elle-même, elle venait une fois de plus de se laisser décontenancer par sa meilleure ennemie.

Bien sûr, Athénaïs n'obtint pas le soutien qu'elle était venue chercher, et désormais son installation dans l'Appartement des Bains était inévitable. Mais

Le Grand Diamant Bleu

au fond, le plaisir d'avoir fait blêmir « Votre Solidité[1] » la consolait de cette humiliation.

En pénétrant dans le cabinet de travail du roi, Angelina avait jugé que le sourire de Louis XIV était un bon présage. Elle avait raison !

Une fois arrivée chez Marie-Anne, en compagnie de Domenico, à l'office, où Émilie, Cendrène et Fabio les attendaient, elle laissa libre cours à sa joie.

– Le roi a reconnu mon innocence ! s'écria-t-elle en riant.

Elle était si émue qu'elle ne put retenir ses larmes. Elle renifla, une fois, deux fois, reprit sa respiration et poursuivit :

– Mme de Maintenon a retrouvé le diamant disparu ! Vous n'imaginerez jamais, où on l'a découvert !

Tout le monde, à part Fabio qui connaissait la vérité, ouvrait de grands yeux, attendant avec fébrilité la suite du récit.

---

1. Surnom que Louis XIV donnait à Mme de Maintenon.

— L'écrin et le diamant étaient séparés, l'un à côté de l'autre sur le parquet du salon de la marquise, sous les replis d'un rideau qu'on n'avait pas tiré depuis plusieurs jours. On ne saura jamais comment le diamant est arrivé là... Sa Majesté nous a assuré que l'écrin avait dû tomber du secrétaire sur lequel elle l'avait posé. Le choc aura provoqué la projection du diamant hors de son coffret. C'est l'hypothèse la plus vraisemblable, et la marquise elle-même en a convenu.

— Depuis plusieurs jours?! reprit Émilie surprise, avec le bon sens d'une femme habituée à tenir une maison. En cette saison, on tire toujours les rideaux dès que la nuit tombe, pour conserver la chaleur de la pièce. Et aussi de manière à empêcher les regards indiscrets. Surtout si ce qu'on raconte est vrai, à savoir que le roi vient travailler le soir chez sa femme. Or, la nuit, on voit tout ce qui se passe dans un intérieur éclairé. Cendrène, quand le jour décline, tu tires les rideaux, chez Marie-Anne, non?

— Bien sûr! Quelle étrange histoire, en effet...

Le Grand Diamant Bleu

— C'est sans importance, trancha Domenico. Le Grand Diamant Bleu a repris sa place dans son écrin, lequel a été enfermé dans le serre-bijoux d'la Maintenon. Et Angelina est libre de rester à la cour pour servir la princesse ! Voilà tout c'qui compte !

La famille Morasse était soulagée. Enfin ! Le sourire était revenu sur les visages, comme sur celui du roi.

Cendrène entraîna Angelina dans la lingerie, et lui fit endosser la tenue que la jeune fille avait porté la veille, pour berner Anselme.

Pendant qu'elle s'habillait, Jeannot entra de manière intempestive pour leur annoncer que le prince de Conti venait de rendre son âme au Seigneur.

De retour à l'office, Angelina raconta ce que Jeannot venait de leur apprendre, et elle remarqua une étrange lueur dans le regard de son frère...

Cendrène n'eut pas le temps de conduire Angelina jusqu'à sa chambre, pour lui présenter les lieux et les servantes avec qui elle allait partager la soupente. Fabio attrapa sa sœur par le bras et l'entraîna dans le couloir de service.

18

Après avoir franchi deux antichambres, Angelina et Fabio pénétrèrent dans le saint des saints : la chambre, et pièce à vivre, de Françoise de Maintenon. C'était là que la nouvelle épouse du roi de France se tenait à longueur de journée, assise dans sa niche de damas rouge. Là qu'elle recevait ses visites, donnait ses ordres, écrivait ses nombreux courriers. Là qu'elle lisait, brodait, soupait, réfléchissait, dormait, priait souvent, pleurait parfois, et dormait... C'était là encore qu'elle assistait, chaque soir, sans jamais y prendre part mais en n'en perdant pas une miette, aux séances de travail du roi avec un ou deux de ses ministres, selon les impératifs des dossiers en cours.

La marquise se montra d'une grande froideur à l'égard des deux jeunes gens. Elle fixait Fabio avec insistance, comme s'il était entré seul et qu'Angelina n'existait pas.

– Que me vaut cette visite ? persifla-t-elle.

Angelina avait remarqué qu'elle ne comptait pour rien aux yeux de la marquise, aussi prit-elle la parole, de manière à lui rappeler qu'elle était quand même la première concernée par l'affaire du diamant.

– Mon père et moi avons été convoqués par Sa Majesté qui a personnellement tenu à nous annoncer que le Grand Diamant Bleu a été retrouvé. Vous n'imaginez pas à quel point cette heureuse nouvelle m'a soulagée ! Mon frère m'a accompagnée jusqu'à vos appartements, car je tenais à vous informer que, de ma vie, je n'ai jamais rien volé, et que jamais je ne volerai la moindre chose. Mes parents adoptifs m'ont inculqué les valeurs à respecter pour vivre en paix avec mes semblables et avec ma conscience.

Le Grand Diamant Bleu

Ce n'est point parce que j'ai grandi dans une prison que mon âme a été pervertie. Vous-même, madame, n'avez-vous pas vu le jour dans une geôle[1] ? Pourtant, regardez l'élévation qui est la vôtre aujourd'hui. Cela ne peut aller sans une intégrité absolue que votre lieu de naissance n'a point influencée, voire dénaturée.

La Maintenon fit glisser sur Angelina un regard dédaigneux, de la tête au pied. La tenue des domestiques de Marie-Anne qu'elle portait lui indiquait qu'elle avait finalement pris ses fonctions de lectrice.

Depuis que Mme de Montespan était venue lui expliquer sa façon de voir les choses, la marquise ne décolérait pas... Elle n'avait cessé de penser à cette opportunité qu'elle avait eue de se débarrasser d'Angelina... La petite vérole ! Quelle magnifique occasion, pourtant ! Hélas, elle n'avait pas su l'imaginer, et donc pas pu la saisir !

– Est-ce là tout ce dont vous souhaitiez m'entretenir ?

---

1. Mme de Maintenon, née Françoise d'Aubigné, naquit le 27 novembre 1635, à la prison de Niort.

— Pas exactement, intervint Fabio.

La Maintenon tenta en vain de rester impassible. Fabio la vit se tasser légèrement dans son alcôve. Qu'allait encore lui imposer son maître chanteur?...

— Ma sœur est une personne sensible, déracinée de son pays, privée des personnes qui l'aiment et qu'elle aime. Elle a dû s'adapter à une nouvelle famille, une autre langue, un décor différent, un climat moins clément, en résumé: à une autre vie. L'accusation de vol qui a été portée contre elle l'a profondément affectée. En conséquence, il me paraît indispensable que vous lui présentiez des excuses. Mais ce n'est pas tout. Je crois nécessaire que vous lui montriez le Grand Diamant Bleu, afin qu'elle puisse voir au moins ce qu'elle était censée avoir dérobé.

La marquise hésita.

Fabio la toisait. Elle savait qu'il la «tenait» en faisant peser sur elle la terrible menace du tableau de Villarceaux...

Elle soupira, puis, résignée, elle se leva et se dirigea vers le serre-bijoux. Elle en sortit un coffret

Le Grand Diamant Bleu

habillé de cuir brun, ourlé d'arabesques dorées, et en souleva le couvercle.

– Regarde bien, ma chère sœur, murmura Fabio. Voilà ce qui t'a causé tant de chagrin et de mortelles inquiétudes. Cette gemme a failli causer ta perte, et salir notre famille...

À une lettre près, la phrase que Fabio venait de prononcer aurait pu se transformer en : « Cette femme a bien failli causer ta perte, et salir notre famille... » Peut-être, Françoise de Maintenon, y avait-elle également songé...

Au cou et aux oreilles des Vénitiennes de la haute société, à leurs poignets et à leurs doigts, et sur les robes qu'elles portaient, Angelina avait déjà vu des pierreries de toute beauté, et en grand nombre, mais jamais rien de comparable ! Le Grand Diamant Bleu était une pure merveille ! Énorme ! Ce diamant était énorme ! Et sa couleur d'un bleu si parfait ! Et son éclat hors du commun que lui conférait la lumière qui arrivait du dehors, en ce jour ensoleillé ! Il brillait tant qu'on l'eût dit vivant !

Les Miroirs du Palais

De ses beaux yeux clairs, Fabio fixait la pierre...

Angelina était comme hypnotisée et n'arrivait pas à détacher son regard de ce prodigieux miracle de la nature.

La marquise, elle aussi abîmée dans la contemplation du diamant, perçut les pensées de la jeune fille, et crut bon d'ajouter :

– Il n'en existe qu'un au monde, d'une si belle eau, d'une taille et d'une teinte si exceptionnelles.

Puis, relevant la tête pour observer l'effet produit sur Angelina, elle découvrit que les yeux de sa visiteuse étaient devenus vairons. Frappée de stupeur, elle sursauta et laissa échapper un cri à demi étouffé. Le diamant était-il responsable de cette métamorphose diabolique ? La marquise se mit à trembler si fort que la pierre s'échappa de son écrin et atterrit sur le parquet. Elle le ramassa et voulut le poser sur sa table de travail. Mais c'était comme si le Grand Diamant Bleu lui brûlait les doigts. Elle ne finit par s'en débarrasser qu'après un étrange ballet pendant

Le Grand Diamant Bleu

lequel le diamant passa de l'une à l'autre de ses mains, tel un morceau de braise.

– Vous êtes une sorcière ! Sortez ! vociféra la marquise en pointant du doigt la porte de sa chambre.

– Non, madame. Ma sœur n'est point une sorcière, mais une victime. C'est votre diamant qui doit receler quelque malédiction.

La Maintenon se rappela aussitôt la conversation qu'elle avait eue avec Jean-Baptiste Tavernier. Tout ce que le vieil homme lui avait raconté quant à la découverte du diamant, en Inde, dans un temple dédié à la déesse Lakshmi, avait suscité en elle un sentiment de crainte et de méfiance. Sentiment qui trouvait aujourd'hui sa justification ! Mais, dans son esprit, le plus alarmant était sans doute la petite inclusion, invisible à l'œil nu, qui soi-disant contenait la mémoire de la Terre... Cette merveilleuse gemme représentait peut-être la vie, le monde, un univers à elle seule, ainsi que l'affirmait le diamantaire. Mais elle était peut-être aussi, et même sûrement, ensorcelée ! De quelle manière l'avait-elle été ? La marquise

Les Miroirs du Palais

n'en avait aucune idée. Tout comme elle ignorait que, des trois personnes présentes dans sa chambre, en cette après-dînée, seul Fabio détenait ce secret. Grâce à la conversation qu'il avait eue avec la Voisin, quelques jours auparavant...

En son for intérieur, la nouvelle épouse du roi en était convaincue: le Grand Diamant Bleu ne lui porterait pas bonheur. Au contraire, il attirerait sur elle le malheur...

— Sortez! répéta-t-elle avec plus de fermeté dans la voix.

— Pas avant que vous ayez formulé des excuses, madame, lui asséna Fabio...

— Jamais! Sortez!

19

Le lendemain...

Louis XIV déplorait que Marie-Anne, sa fille chérie, et Mme de Maintenon ne soient pas les meilleures amies du monde, loin s'en fallait... Aussi, dans un souci d'apaisement des tensions, voire de réconciliation, il avait eu l'idée de faire croire à Marie-Anne que Mme de Maintenon avait un somptueux cadeau à lui offrir.

Ce jour-là, les médecins avaient enfin autorisé la princesse à se lever. Sur sa robe de nuit en soie blanche, elle avait enfilé le déshabillé de velours jaune d'or qu'elle affectionnait. Son père était là pour lui donner le bras et la conduire, à pas mesurés, jusqu'au salon de son appartement. Là, elle allait découvrir le trumeau réalisé grâce aux tout premiers *très grands miroirs* produits par la manufacture de Reuilly.

Ainsi que venait de le décider le roi, ces miroirs étaient censés être un présent fait à Marie-Anne par la marquise. Celle-ci n'était pas persuadée du bien-fondé de cette supercherie, mais pour complaire à son royal époux, elle avait accepté de jouer le rôle de la généreuse et bienveillante donatrice.

Un valet ouvrit la porte du salon pour laisser entrer Marie-Anne. Le roi déclara :

– J'ai pris sur moi de convier Mme de Maintenon à vous attendre chez vous. Elle vous dévoilera elle-même ce qu'elle a souhaité vous offrir, pour vous témoigner son amitié. Je vous laisse en sa compagnie...

– Oh, mon papa, ne m'obligez point à demeurer seule avec elle, vous savez que je ne peux la souffrir.

– Les affaires de l'État m'appellent, mon ange. Les ministres attendent mes ordres sur un sujet brûlant.

Marie-Anne pénétra dans son salon, où la marquise patientait depuis un bon moment. Elle prit place dans un fauteuil et regarda autour d'elle, heureuse de retrouver le décor qu'elle aimait tant.

Un gros bouquet de fleurs multicolores avait été placé sur une commode au décor sculpté, juste à côté d'un brûle-parfum qui répandait des effluves de benjoin. Sur un guéridon doré, les douceurs préférées de la princesse avaient été disposées dans des assiettes en argent : des macarons au chocolat, des confitures sèches de coing et de cassis, et des cerises confites. Un feu crépitait dans la cheminée. Au-dessus, le trumeau avait été dissimulé sous un drap de brocart.

Marie-Anne redoutait ce tête-à-tête avec la marquise. Il fallait en finir au plus vite.

– Qu'est-ce ? demanda-t-elle d'une voix terne. Un tableau ?

– Point du tout, madame, répondit la Maintenon. Voyez plutôt !

Elle tira sur une cordelette savamment reliée au brocart, qui tomba sur le sol. Un serviteur le ramassa, avant de disparaître dans le couloir de service.

Aucun son ne sortit de la gorge de Marie-Anne, tant sa stupéfaction était grande. Elle qui avait peine à marcher deux minutes auparavant se leva d'un bond et, bouche bée, fixa les miroirs !

Françoise de Maintenon esquissa un sourire. À l'évidence, le mutisme de la princesse était à la mesure de la joie intense qu'elle éprouvait devant une telle splendeur ! Pourtant, c'était loin d'être le cas...

Marie-Anne tourna vers elle son visage couvert de croûtes disgracieuses. Ses yeux semblaient lancer des éclairs.

– Vous me haïssez donc à ce point, madame ? asséna-t-elle à la marquise interloquée.

– Que...

– Taisez-vous ! s'écria Marie-Anne. Vous osez m'offrir des miroirs ! Dans l'état où je me trouve ? ! Après une si méchante maladie ? ! Moi qui, justement, envisageais de fuir toutes les glaces du palais

Le Grand Diamant Bleu

jusqu'à nouvel ordre ! Pourquoi ce cadeau empoisonné ? Est-ce pour mieux me montrer à quel point je suis défigurée que vous agissez de la sorte ? Je ne vous ai jamais aimée, madame. Je vous savais perfide et calculatrice, dissimulatrice, et orgueilleuse à l'excès. Un orgueil démesuré que vous parvenez, avec habileté j'en conviens, à draper dans une fausse humilité. Mais j'ignorais que vous fussiez cruelle au point de souligner ainsi mon infortune !

– Mais, je...

– Taisez-vous, vous dis-je ! Vous allez sortir de chez moi et n'y plus jamais reparaître ! Ni vous ni aucun des membres de votre Maison, jusqu'au plus obscur de vos domestiques !

La princesse fouilla dans la poche de son déshabillé, et en tira la *pomme d'ambre*[1] en vermeil qui ne la quittait pas depuis le début de sa maladie. Au

---

1. Boule en or, argent, ou vermeil, remplie d'ambre (concrétion intestinale du cachalot). On porte la pomme d'ambre à ses narines pour en respirer le parfum capiteux, lorsqu'on est malade, ou pour se protéger de la contagion en présence d'une personne souffrante.

comble de la colère, elle la jeta de toutes ses forces sur le trumeau. Un bruit de verre brisé se fit entendre. Ignorant les dégâts causés par son geste, elle s'effondra en larmes dans un fauteuil, la tête enfouie dans ses mains, et, une dernière fois, cria à la marquise :
– Sortez !

Au lieu de quitter la pièce sur-le-champ, la marquise s'approcha du trumeau. La pomme d'ambre avait fait un trou plus large que la paume de la main, dans le miroir, à mi-hauteur entre la tablette de la cheminée et le plafond. La Maintenon plissa les yeux pour mieux voir, et ce qu'elle aperçut la fit frémir d'horreur... Sous le miroir brisé, il y avait une toile peinte. L'orifice laissait apparaître un visage... Un visage qu'elle connaissait bien puisque c'était le sien ! Le peintre s'était appliqué à rendre ce visage ressemblant... Ce qu'il était encore, malgré le nombre d'années écoulées.

La marquise crut défaillir...

Ainsi, Fabio avait mis ses menaces à exécution. Décidément, ce garçon se révélait être un ennemi redoutable. Le tableau qui la représentait, quasiment nue, dans la beauté de ses vingt ans, se trouvait désormais au cœur même de Versailles... Le danger était là, imminent ! Le roi rendait souvent visite à sa fille, et il serait passé devant le miroir sans se douter de ce qu'il recelait... À présent, avec cette brisure, lui qui était si observateur ne manquerait pas de distinguer les traits de sa nouvelle épouse.

La Maintenon agita fébrilement une clochette qui était à portée de main, sur le guéridon doré. Un valet entra. Elle ordonna de remettre en place le brocart qui couvrait les miroirs quelques minutes plus tôt. Le domestique partit en courant chercher l'étoffe.

Avant de rejoindre ses appartements, elle attendit que le drap fût solidement arrimé. Certaine que Marie-Anne ne le ferait pas retirer de si tôt, cela lui laissait un peu de répit pour élaborer une stratégie... Mais laquelle ?

Dans la chaise à porteurs qui, de couloir en corridor, la ramenait chez elle, la marquise estima, qu'en l'occurrence les stratégies possibles n'étaient pas si nombreuses. Une seule, en fait, lui paraissait recevable. Il s'agissait de faire intervenir ses sbires, ceux-là mêmes qui, un an auparavant, avaient attaqué Fabio devant le Carmel de la rue Saint-Jacques. Elle leur faisait une confiance absolue pour mener à bien ce genre de mission secrète et fort peu glorieuse... Vêtus et outillés comme des doreurs, ils prétexteraient des retouches à faire sur la patine finale du cadre du trumeau, et entreraient sans peine chez Marie-Anne. Une fois dans la place, il leur suffirait de découper la toile peinte, à l'endroit de la brisure, et ainsi priver le modèle de son visage. Plus aucun chantage ne serait alors possible, si d'aventure le tableau venait à être découvert. Sans visage, un corps n'appartient à personne. La jeune et belle nudité ne pourrait plus être reconnue !

Assise dans sa niche de damas rouge, la marquise souriait. Elle était sauvée !

20

Louis XIV, fort occupé à exposer à ses ministres les décisions qu'il avait d'ores et déjà arrêtées quant à la conversion des protestants, ne se doutait pas de la tournure qu'avaient pris les évènements dans le salon de Marie-Anne.

Lorsqu'il rejoignit les appartements de sa fille, une grande heure s'était écoulée.

Il la découvrit endormie, recroquevillée dans le fauteuil où elle avait longtemps pleuré après le départ de Mme de Maintenon. Ni les domestiques ni les médecins, prévenus par Cendrène, n'avaient osé la réveiller pour la conduire jusqu'à son lit. Elle n'entendit pas le roi entrer. Il s'assit près d'elle, puis, étonné, il considéra le drap de brocart qui recouvrait le trumeau. Il posa doucement sa main sur celle de Marie-Anne qui ouvrit les paupières, et se redressa lentement.

– Vous étiez là, mon papa ?

– J'arrive à l'instant, ma chérie. Vous vous êtes endormie en un lieu incongru et très inconfortable. Comment vous sentez-vous ?

– Je suis fort contrariée ! Votre femme est venimeuse comme une vipère ! Plus jamais elle ne franchira ma porte !

Le souverain fronça les sourcils. À l'évidence, le cadeau de la réconciliation n'avait pas remporté le succès escompté... Il s'en voulut. Son idée, qu'il avait cru fameuse, n'avait servi qu'à mettre sa fille dans tous ses états. Et cela, il le savait, était néfaste au processus de guérison qu'elle entamait. Inutile d'être devin pour comprendre qu'une querelle avait opposé les deux femmes. Voilà qui ne pouvait que renforcer la discorde, et creuser le fossé entre elles.

Marie-Anne se lança dans le récit de son entrevue, aussi brève que désagréable, avec Françoise de Maintenon.

— Mais enfin! conclut-elle. Comment avez-vous pu renoncer à ma mère, la douce La Vallière, négliger la reine Marie-Thérèse, abandonner la pauvre Fontanges à son triste sort, et rejeter la flamboyante Montespan, pour cette femme-là?

Comme souvent, lorsqu'il était embarrassé, le roi répondait à la question qui lui était posée par une autre question, et de préférence en changeant de sujet.

— Me permettez-vous de retirer ce drap? J'aimerais me rendre compte par moi-même des dégâts que votre juste colère a infligés à ce miroir.

— Ah non! s'affola la princesse. Je vous en prie, mon papa, laissez cette étoffe en place. Les glaces me font horreur!

— M'autorisez-vous au moins à commander un autre *très grand miroir*, afin de remplacer celui qui a été endommagé ?

— Oui, bien sûr. Un jour viendra où je ferai la paix avec mon nouveau visage. Le trumeau de la marquise me sera alors de quelque utilité.

— Que puis-je faire d'autre pour vous être agréable, mon enfant ?

— Me donner votre bénédiction, car j'ai le projet de me bientôt remarier...

— Vous remarier ? s'étrangla le roi. Je sais que vous n'aimiez plus Conti depuis longtemps, et je ne l'appréciais pas non plus. Mais tout de même ! Son corps est à peine refroidi que vous songez déjà à reprendre mari ! J'ai du mal à le croire... Me direz-vous, au moins, qui est celui que votre cœur a élu ? Nombreux sont ceux qui, à la cour, vous couvent du regard.

— L'objet de mes désirs n'appartient pas à notre monde.

Le Grand Diamant Bleu

Louis XIV était inquiet...
– Qui est-ce ? Son nom !
– Fabio Morasse.
Interloqué, le souverain ne put articuler une parole.
– Fabio Morasse..., répéta-t-il enfin, d'une voix blanche, après de longs instants d'un silence pesant. Un miroitier ! Sans noblesse ! Un joli garçon, certes, mais un esprit dérangé. Souvenez-vous, l'an dernier, apprenant qu'il ne parlait point, vous le traitiez d'idiot. Et, persuadée qu'il devait tout de même s'exprimer d'une quelconque manière, vous me demandiez : « L'idiot grogne-t-il ? » Ensuite, lorsqu'il s'est révélé être un maître chanteur, vous le traitiez de « chien », et m'encouragiez à l'envoyer croupir à la prison du Petit Châtelet ! Et voilà qu'aujourd'hui vous songez à l'épouser !... Êtes-vous devenue folle ?

– Il n'y a guère que les imbéciles pour ne point changer d'avis. Mon regard sur lui est différent, car j'ai appris à le connaître et à apprécier ses mérites. Et, peu me chaut qu'il ne soit pas noble.

Les Miroirs du Palais

— Quand a-t-il demandé votre main ?

— Il ne l'a point fait. C'est moi qui, un jour prochain, lui demanderai de me prendre pour femme.

— La petite vérole vous aurait-elle fait perdre le sens commun ?

— Au contraire, la maladie m'a fait réfléchir sur le sens que je souhaite donner à ma vie... Voyez-vous, au lendemain de mes treize ans, j'ai convolé avec Louis-Armand de Bourbon, prince de Conti. Je l'aimais, et j'étais heureuse de cette union. Mais, le jour du mariage, j'ai surpris une conversation entre Louis-Armand et son oncle[1]... Il était question du déshonneur que vous infligiez à la Maison des Condé et des Conti en me mariant avec un des leurs. Moi, une fille légitimée ! Une bâtarde, en somme ! Les Condé ayant trahi la Couronne durant la Fronde, et malgré le pardon de convenance que vous leur aviez accordé, vous leur en gardiez

---

1. Louis-Armand Ier de Bourbon-Conti (époux de Marie-Anne) était le neveu de Louis II de Bourbon-Condé (dit le Grand Condé) (1621-1686).

rancune. Je venais de comprendre que vous vous serviez de moi pour assouvir votre vengeance à leur égard. J'étais bien jeune alors, et ces révélations m'ont jetée dans la plus grande confusion... D'une part j'étais votre fille préférée, et d'autre part j'étais devenue celle par qui le déshonneur arrive. Cela m'a causé beaucoup de chagrin, et une grande contrariété. J'en ai été malade toute la nuit qui suivit. La nuit de noces[2] ! Et j'ai commencé à détester mon mari. Dieu vient de me libérer de ce mariage catastrophique. Je suis désormais une femme libre, et j'entends profiter de cette liberté. Par exemple, je n'obéirai plus aux médecins. À ce sujet, j'ai écrit mes dernières volontés. Il y figure que, contrairement à la tradition, les diafoirus n'auront pas le droit d'ouvrir et d'embaumer mon corps, le jour où je m'éteindrai. De plus, tout en restant la bonne chrétienne que j'ai toujours été, je ne laisserai plus les prêtres décider à ma place et me dicter ma conduite.

---

2. Voir tome 2, *L'allée de lumière*.

Pour finir, j'entends être maîtresse de ma vie, et me marier selon mon cœur.

Louis XIV n'en revenait pas... Sa fille adorée, sa Marie-Anne, lui tenait un discours véhément, qu'il n'aurait pas imaginé entendre de sa si jolie bouche. Elle le couvrait de reproches... Malgré cela, il ne put rien lui répondre car elle avait en tout point raison. Un enfant naturel, même légitimé, restait un enfant naturel, eût-il pour père le plus grand roi du monde. Oui, il s'était servi d'elle et de cette union avec Louis-Armand pour punir ses cousins Condé et Conti, souillant à jamais leur nom et leur descendance, par le sang de sa royale bâtarde. Avec le recul, la peine ressentie par Marie-Anne le navrait sincèrement. Néanmoins, aujourd'hui, il ne pouvait consentir à un mariage qu'il considérait comme «contre nature».

— Moi vivant, jamais vous n'épouserez ce miroitier! s'emporta-t-il. Pour vous, je veux un prince, ou tout au moins, un aristocrate issu d'une des plus grandes familles de France. Quelqu'un qui puisse paraître à la cour, à vos côtés, sans que j'aie à en rougir!

— N'avez-vous point nommé Domenico Morasse, Premier Miroitier ?

— Si fait.

— Dans ce cas, pourquoi ne l'anobliriez-vous pas, à l'instar d'André Le Nôtre et de Charles Le brun ? N'est-il pas un acteur essentiel du chef-d'œuvre qu'est votre Grande Galerie ?

— Quand bien même je le ferais Chevalier ou Baron, son fils, en héritant du titre, n'en serait pas pour autant digne de vous ! Je vous le répète, c'est un prince qu'il vous faut !

— Vous n'avez point été si regardant avec Mme de Maintenon, lorsque vous l'avez épousée... Les origines de sa petite noblesse sont si douteuses, qu'on se demande si elle n'est pas tout bonnement une roturière, née dans la religion protestante, de surcroît ! Religion que vous vous employez à éradiquer dans le royaume. Pour ma part, je me contenterais d'un simple bourgeois qui soit un homme aimant, plutôt qu'un sombre prince du sang...

— Vous n'épouserez pas ce Fabio !

— Je me marierai donc en secret, comme vous le fîtes vous-même, il y a tout juste un an. Vous ne sauriez m'en blâmer !

— Têtue que vous êtes ! Votre conduite obstinée me dispense de vous donner ma bénédiction. Il m'eût été impossible de vous l'accorder sans renier mes principes et mon autorité.

Les mâchoires serrées, le roi excédé, se leva et se dirigea vers la porte.

— Agissez comme bon vous semble, ma fille, puisque rien ni personne ne saurait vous faire entendre raison. L'essentiel est que ce secret ne parvienne jamais à ma connaissance.

21

Le soir venu, Marie-Anne avait fait mander Angelina. Elle souhaitait entendre des poèmes. Assise sur un tabouret placé dans la ruelle[1], la jeune fille lisait :

– ... *E noi tegnamo ascose*
Le dolcezze amorose.
Amor non parli o spiri,
Sien muti i baci i miei sospiri[2].

La princesse reprit aussitôt après Angelina :

---
1. Espace entre le lit et le mur.
2. Le Tasse (1544-1595), extrait de *Madrigaux pour musique*.

Les Miroirs du Palais

— ... *Et nous tenons cachés*
Les amoureux secrets :
Qu'Amour ne parle point, qu'il ne respire ;
Muets soient les baisers et les soupirs[3].

— Quelle grâce ! ajouta Marie-Anne. Que de beauté dans cette poésie ! Et j'aime tant vous écouter déclamer dans cette langue qui est la vôtre, si chantante, si ronde, et douce à l'oreille.

— Et que vous connaissez fort bien, madame, si j'en juge par la traduction immédiate que vous avez faite de ces quelques vers.

— Si vous saviez comme j'aimerais voyager jusqu'en Italie ! Et voir Venise, la *Serenissima repubblica di Venezia* ! Ah, je vous vois songeuse, ma chère, et même mélancolique, à l'évocation de votre ville... Elle doit cruellement vous manquer.

— Vous avez deviné juste, madame. J'ai parfois du mal à cacher ma nostalgie. Je me languis de tant de choses que j'ai connues là-bas, de tout ce qui a

---

[3]. « RIMES ET PLAINTES » de M. Le Tasse – Librairie Arthème Fayard 2002.

Le Grand Diamant Bleu

bercé ma tendre jeunesse, et des êtres chers que j'ai laissés. J'essaie de n'y point penser, car ce sont des souvenirs capables de me tirer des larmes.

– Alors, ce sont de bons souvenirs. Les mauvais ne font qu'attiser la colère... Aimeriez-vous me parler de ceux qui vous manquent autant que vous devez leur manquer ?

– D'abord, mes parents adoptifs. Les meilleures personnes du monde. Affectueux, généreux, honnêtes et travailleurs. Et puis... Côme. Un prisonnier des Plombs. C'est lui qui m'a appris à m'exprimer en français.

– Ce fut un excellent professeur, vous parlez admirablement notre langue. Quel âge a-t-il ?

– Vingt-huit ans.

– Quel crime a-t-il commis pour être emprisonné ?

Angelina éprouva une légère angoisse à l'idée de se lancer à nouveau dans le récit des raisons de l'enfermement de Côme. Raisons qu'elle avait exposées, quelques jours auparavant, à Mme de Maintenon qui ne souhaitait qu'une chose : la piéger, pour mieux

Les Miroirs du Palais

l'évincer de la cour. Mais tel n'était pas le dessein de Marie-Anne, et passé les premiers instants d'inquiétude, Angelina sentit qu'elle pouvait se confier.

— Dites-m'en un peu plus sur ses talents, demanda la princesse. Est-il aussi bon pâtissier qu'il est professeur de français ?

— Un des meilleurs, madame ! Pensez donc... Il a été l'élève de François Vatel[4], qui servait le Grand Condé. Durant six années, il a travaillé dans son ombre, au château de Chantilly. C'est là qu'il a tout appris ! Il avait quinze ans quand Vatel s'est donné la mort. Il a continué à œuvrer pour le Grand Condé qui était fort content de ses services et le payait bien. Puis, il est parti à Venise, dans un palais jusqu'où sa réputation était parvenue. Et puis, un jour, il a été injustement accusé d'empoisonnement, ainsi que je vous le contais tout à l'heure.

---

4. De son vrai nom : Fritz Karl Watel (1631-1671), d'origine suisse. Pâtissier-traiteur. « Maître d'hôtel » du surintendant des Finances Nicolas Fouquet, au château de Vaux-le-Vicomte, puis « contrôleur général de la Bouche » du Grand Condé, au château de Chantilly.

Le Grand Diamant Bleu

– L'aimez-vous ?

Angelina sentit le feu monter à ses joues...

– En rougissant de la sorte, vous vous êtes trahie. J'ai ma réponse ! en déduisit Marie-Anne, dans un éclat de rire. Ainsi nous sommes toutes deux amoureuses dans le secret de nos âmes. Les vers que vous venez de me lire, évoquant les amours cachées, ont dû résonner en vous comme ils l'ont fait en moi.

Angelina regarda la princesse, l'air ébahi. Elles se connaissaient à peine, et déjà, Marie-Anne l'honorait de sa confiance en lui faisant cet aveu ! Mais on ne posait pas de questions trop personnelles à une princesse. C'est pourquoi, même si elle en mourait d'envie, Angelina ne lui demanda pas de qui elle était éprise.

– Je tiens beaucoup à nos instants de lecture, mademoiselle, reprit Marie-Anne, et j'entends vous garder auprès de moi. Il me serait douloureux de vous voir partir un jour pour rejoindre Côme à Venise. Néanmoins, il m'importe que vous soyez heureuse. Aussi, si vous le souhaitez, je peux demander au roi d'intercéder auprès du Doge, en faveur de Côme.

Angelina sentait son cœur battre jusque dans ses tempes...

— Dieu sait ce qu'il est advenu de lui, depuis des mois que j'ai quitté Venise. Il a peut-être été jugé. Peut-être même a-t-il été exécuté si ses juges l'ont déclaré coupable... C'est pour moi une torture quotidienne que d'être loin de lui, et sans nouvelles.

— Il faut le faire libérer, et aussi vite que possible ! Il viendra ensuite à Versailles, et travaillera à mon service. Gourmande comme je suis, j'aurais grand besoin d'un pâtissier de talent.

— Ne mettez-vous pas en doute son innocence, madame ?

— Si vous m'assurez qu'il n'a rien à se reprocher, je vous crois. Et si vous le souhaitez tous les deux, je vous donnerai ma bénédiction, ainsi qu'un pécule confortable pour que vous puissiez vous marier et avoir ensemble un bel avenir. À condition que vous demeuriez tous deux à mon service !

– Merci, madame. Si par bonheur Côme est toujours en vie et qu'il me rejoint, ici, nous resterons auprès de vous. Nous n'aurons point assez de notre vie entière pour vous servir, et vous rendre grâce de ce que vous aurez fait pour nous.

– Vous, au moins, vous pourrez vous marier au vu et au su de tous, alors que, dans mon cas, il ne pourra s'agir que d'un mariage secret...

– Comme Sa Majesté et Mme de Maintenon.

– Qui vous a instruite de cela?

– Personne en particulier, madame. Ce sont des bruits qui courent les rues de la capitale.

Marie-Anne soupira:

– Il est vrai qu'après avoir rampé dans les antichambres de Versailles la rumeur n'a que cinq lieues à parcourir pour infester Paris... Mais dès lors qu'il s'agit du roi de France, il est normal que l'on jase.

– Le mariage secret est-il un usage répandu dans les familles royales françaises?

– Non, bien sûr, puisque les unions scellent en général des pactes entre deux pays. Les mariages royaux sont politiques, et donc officiels. Toutefois, cela se produit de temps à autre. La preuve, je m'apprête à imiter mon père. Mais seuls les témoins, dont on ne peut faire l'économie, seront dans la confidence. Soyez certaine que nul autre qu'eux n'en sera informé.

— Dans ce cas, madame, permettez-moi de vous demander pourquoi vous me confiez ce secret ?

— Parce que vous serez mon témoin, ou celui de votre frère. Nous déciderons en temps utile.

Le cœur d'Angelina battait à tout rompre.

— Mon... mon frère ? Fabio ? bredouilla-t-elle.

— Vous connaissez-vous un autre frère ?

Angelina ne s'était donc pas trompée quand elle avait vu le regard et l'imperceptible sourire que Marie-Anne et Fabio avaient échangés, le soir de l'inauguration de la Grande Galerie. Elle avait perçu ce lien qui existait entre eux, ce fil quasiment invisible pour le reste du monde.

22

Dès le lendemain soir, Fabio, Domenico, Marcellin et Pasquale terminaient d'œuvrer dans le salon de Marie-Anne.

– Hâtons-nous ! chuchota Fabio. À part nous, personne ne doit savoir qu'une toile est cachée sous ces miroirs.

Au sortir de sa conversation avec Marie-Anne, le souverain avait fait parvenir ses ordres à la manufacture.

Celle des trois glaces qui composaient le trumeau, et qui avait été brisée par la pomme d'ambre de la princesse, devait être immédiatement remplacée par un nouveau *très grand miroir.*

Mortifiée à l'annonce de cette nouvelle, la marquise manqua s'évanouir. Elle était si mal que ses gens durent l'aliter, et mander son médecin, le sieur Fagon. Sans éléments précis pour déterminer l'origine du mal, le bonhomme se contenta, par acquit de conscience, de saigner sa noble patiente, de la purger, et de lui faire prendre du quinquina.

Ainsi, la Maintenon n'avait pas eu le temps de mettre en œuvre la stratégie qu'elle avait élaborée. Le tableau était désormais inaccessible. À moins de briser le miroir une seconde fois, ses sbires ne pourraient pas découper la toile à l'endroit du visage... La menace qui pesait sur elle allait donc demeurer.

Sous ses édredons, entre deux crises d'angoisse et de larmes, elle parvint tout de même à réfléchir... Il restait peut-être une dernière possibilité de faire disparaître le tableau, mais les chances de réussite étaient si minces... La solution consistait à attendre le prochain séjour de la cour au château de

Le Grand Diamant Bleu

Fontainebleau. Alors, dans un Versailles déserté, elle ferait démonter le trumeau, de manière à récupérer la toile tout entière. À condition bien sûr, de dénicher un ou plusieurs ouvriers d'une fiabilité absolue, et très compétents pour effectuer, sans qu'il y paraisse, ce travail minutieux. Finalement, elle jugea cette entreprise trop aléatoire, vouée à un échec certain, et juste bonne à la compromettre. Désormais, elle se résignerait à vivre avec ce qu'elle considérait comme «un méchant caillou dans son soulier».

Fabio avait gagné, la Maintenon le savait.

Sur les cinq heures de l'après-dînée, le roi rendit visite à son épouse.

– J'apprends, ma chère, que vous êtes souffrante, lui dit-il doucement, en lui prenant la main. Vous êtes brûlante. Que vous arrive-t-il?

– Une légère indisposition, Louis, rien qui doive vous tracasser. Demain je serai sur pied.

– Vous ne quitterez point votre lit tant que vous serez fébrile. J'y veillerai personnellement. Les soins que vous prodigue le docteur Fagon que vous appréciez tant vous apportent-ils quelque soulagement ?

– Il vient de me faire avaler du vin de quinquina. La fièvre tombera bientôt, mais il faut patienter le temps que le remède fasse son œuvre.

– Que puis-je faire pour vous être agréable ?

– J'aimerais solliciter une faveur, Louis.

– Demandez-moi tout ce qui vous plaira. Je vous écoute.

– C'est au sujet de cette jeune Italienne. Angelina...

Précédée d'Alexandre Bontemps, Angelina arriva devant la porte du cabinet particulier de Louis XIV. Le Premier Valet de Chambre du roi gratta à la porte, puis l'ouvrit pour laisser entrer la jeune fille.

C'était la deuxième fois qu'Angelina pénétrait dans cette pièce très privée de l'appartement du roi. Il l'attendait, son chapeau empanaché vissé sur le sommet de la perruque, assis dans un grand fauteuil, vêtu d'un pourpoint lie-de-vin, brodé d'or et orné de pierres précieuses, qui scintillaient à la lueur des bougies.

Le Grand Diamant Bleu

– Mme de Maintenon devrait être des nôtres, car elle souhaitait vous entretenir, en ma présence, d'une chose importante qui la préoccupe. Mais un méchant accès de fièvre aussi soudain qu'inexpliqué l'en empêche. Elle m'a donc demandé d'être son messager.

Dans sa tenue de domestique de la Maison de Marie-Anne, Angelina se sentait minuscule et bien seule, face à Louis XIV, écrasée par la magnificence et la richesse de tout ce qui l'entourait. Et puis, cette *chose importante* dont la Maintenon voulait lui parler, et que le souverain venait d'évoquer, l'effrayait quelque peu...

Mais le roi lui adressa un franc sourire, et, une fois encore, Angelina, y vit un heureux présage.

Il se leva et s'approcha d'elle. Avec douceur il lui prit la main pour la porter à ses lèvres et y déposer un long baiser. Son regard se noya dans celui d'Angelina.

– Mademoiselle, vous avez les plus beaux yeux du monde, murmura-t-il. Vos prunelles d'un bleu infini et la pureté de votre visage, qui ne peut être que le reflet de votre âme, m'ont séduit et me touchent à un point que vous ne sauriez imaginer. Ah, si j'avais quelques années de moins, j'aurais fait de vous ma bien-aimée, ma favorite ! Je vous aurais couverte de baisers, de caresses, d'honneurs et de présents. Vous auriez été la femme la plus chérie du royaume et la perle de ma cour. J'aurais fait de vous une duchesse ! Mais hélas, je deviens vieux, et si je veux que Dieu m'accueille un jour en son paradis, je dois, par une conduite exemplaire, racheter mes erreurs du passé[1]. Mais, je ne vous laisserais point repartir sans un témoignage de l'amour que je vous porte depuis le premier jour où je vous ai vue.

Laissant Angelina au comble de la surprise, et bouleversée par ce qu'elle venait d'entendre, le roi se dirigea vers un secrétaire, et ouvrit un tiroir d'où il sortit un écrin.

– Vous m'avez ému par votre beauté, mademoiselle. C'est un émoi sans cesse renouvelé, chaque fois

---

1. Louis XIV avait eu beaucoup de maîtresses et de favorites.

que j'ai le bonheur de vous apercevoir. Acceptez, je vous prie, ce modeste cadeau, en remerciement de ce plaisir que vous me procurez.

Le roi déposa le coffret dans les mains d'Angelina. Elle l'ouvrit, et découvrit une pierre précieuse d'un bleu à la fois clair et intense.

– Cela vous plaît-il?

– C'est... c'est... merveilleusement beau, Sire... Mais, je ne suis qu'une domestique. Je ne sais si...

– Je ne veux pas entendre la suite, l'interrompit le roi. Vous en êtes digne, croyez-m'en. J'ai choisi ce saphir, car sa couleur est proche du myosotis de vos iris. Dieu l'a suscité pour vous. Il est pourvu d'une monture qui vous permettra de le porter à votre cou, en pendentif, avec une longue chaîne que voici. Ainsi, il sera caché au creux de votre décolleté, et restera notre secret. Acceptez, je vous le demande.

Angelina s'entendit murmurer:

– J'accepte. Mille mercis, Majesté.

– Ah oui! ajouta le souverain en souriant. J'allais oublier... Mme de Maintenon vous prie de bien vouloir accepter ses excuses pour le tort qu'elle vous a causé, en vous accusant à la légère, et très injustement du vol du Grand Diamant Bleu. Voici cette chose importante qu'elle tenait à vous dire, et que je me fais une joie de vous transmettre.

– C'est trop d'honneur, Sire. Merci.

Ignorant tout du tableau de Villarceaux et du chantage que Fabio exerçait sur la marquise, Angelina pensa que cette femme pieuse avait sans doute eu des remords, et tenait à soulager sa conscience en faisant amende honorable.

Angelina rejoignit les appartements de Marie-Anne et grimpa jusque dans sa chambre sous les toits. Trop d'émotions la submergeaient. Trop d'évènements s'étaient déroulés depuis son départ de Venise. Et... peut-être, bientôt, allait-elle revoir Côme. Elle se jeta sur sa paillasse et pleura à chaudes larmes.

À force de pleurer, épuisée, elle fut peu à peu gagnée par le sommeil...

23

De son côté, Louis XIV avait rejoint Mme de Maintenon et se tenait à son chevet.

– Rendez-moi encore un service, mon aimé, je vous en prie, lui dit-elle.

– Tout ce que vous voudrez, ma chère.

La marquise voulut se lever de son lit. Aussitôt, Nanon, sa fidèle femme de chambre depuis vingt ans, se précipita pour la soutenir et l'aider à enfiler un peignoir de lainage bleu barbeau.

Françoise de Maintenon se dirigea vers le secrétaire où elle serrait ses documents personnels et ses bijoux. Lorsqu'elle revint vers le roi, elle portait l'écrin contenant le Grand Diamant Bleu.

— Sire, mon époux, vous m'avez comblée en me faisant cadeau de cette gemme, la plus belle des bijoux de la Couronne. C'est la marque si attendrissante de l'amitié et de l'estime que vous avez pour moi. Et j'en suis touchée aujourd'hui encore, comme au jour où vous me l'avez offerte. Vous connaissez ma vie depuis son commencement. Petite fille, il m'est souvent arrivé de devoir mendier un bol de soupe, vous ne l'ignorez pas. C'est une humiliation dont on ne se relève jamais vraiment. Voyez, Louis, l'élévation qui est la mienne aujourd'hui ! Vous avez fait de moi l'épouse du plus grand roi du monde, et vous m'avez donné en cadeau le plus énorme diamant jamais inventé.

— « Votre Solidité » le mérite bien.

— Tout cela me donne parfois le vertige. Alors, ce soir, Sire, je souhaite vous rendre ce diamant. Vous, et vous seul, êtes digne d'arborer une pierre si prestigieuse. Je suis une femme simple et modeste, qui ne porte que peu de bijoux. Mais, sachez que je garderai toujours le souvenir du Grand Diamant Bleu au fond de mon cœur, car il m'est venu de vous. Vous qui êtes dans mon cœur.

C'était faux, bien sûr. Elle détestait ce diamant depuis que le sieur Tavernier lui en avait ruiné la réputation, et surtout depuis qu'elle avait vu l'effet qu'il produisait sur les yeux d'Angelina. Elle était persuadée qu'il était ensorcelé et voulait à tout prix s'en débarrasser !

Si Mme de Maintenon savait mentir à la perfection, le roi, quant à lui, était parfois plus sensible qu'on se l'imaginait. Ses familiers n'ignoraient pas qu'il était capable de pleurer dans les moments d'émotion intense.

– Quelle charmante déclaration, mon aimée ! murmura-t-il d'une voix attendrie. Je comprends votre souci de discrétion, et je l'approuve autant que je le respecte. Toutefois, il me tient à cœur de vous faire un autre cadeau, en échange de celui-ci.

— Ce n'est point la peine, Louis. J'ai votre amitié, voilà mon bien le plus précieux.

— J'insiste, madame. Et j'ai songé à une chose qui vous correspondra mieux que n'importe lequel des bijoux de la Couronne. Une chose, disons plutôt une cause, à laquelle je travaille depuis quelques mois déjà. Dans le plus grand secret...

En attendant d'être fixée sur ce que cachait cette déclaration, la marquise s'assit sur le bord du lit. Son regard ne quittait pas celui du roi.

— Vous ne me demandez pas de quoi il s'agit? s'étonna-t-il.

— Je suis impatiente de le savoir.

— Votre maison d'éducation des jeunes filles pauvres de la noblesse, sise à Noisy-le-Roi, me paraît exiguë. Vous ne pouvez y donner la pleine mesure de vos talents d'enseignante. Vous devez voir plus grand, et je compte vous y aider. Certes, madame, vous n'êtes pas reine. Mais ce que vous allez entreprendre là, aucune souveraine avant vous n'a seulement eu l'idée de le réaliser.

Le Grand Diamant Bleu

– De quoi s'agit-il ?

– D'une école ! Mais une école qui sera en tout point conforme à l'idée que vous vous faites de l'instruction nécessaire aux filles. Tout y sera vaste, imposant, et beau.

– Le projet est-il déjà avancé ?

– Beaucoup plus que vous ne le pensez. Les tractations en cours, depuis plusieurs mois, ont enfin porté leurs fruits. Le marquis de Saint-Brisson vient d'accepter de me vendre son domaine de Saint-Cyr. L'acte de vente sera bientôt signé[1], d'ici quelques semaines. Le château comme les dépendances seront rasés. Et mon architecte, Jules Hardouin-Mansart se penche déjà sur les plans. Je les ai vus ce matin. Rien n'a été laissé au hasard, et vous serez un jour prochain à la tête de la plus prestigieuse des maisons d'éducation pour jeunes filles. J'y mettrai le nombre d'ouvriers qu'il faudra. Monsieur Hardouin-Mansart en estime le nombre à deux mille cinq cents ! Tout ira très vite !

---

1. Le 9 avril 1685.

Les Miroirs du Palais

Le roi prit la main de sa femme et y déposa un baiser.

– De plus, poursuivit-il, j'y vois un symbole... Je vous avais fait cadeau d'une pierre précieuse. Je vous l'échange contre la première pierre de ce que nous nommerons : La Maison Royale de Saint-Louis ! Et nous la poserons bientôt, ensemble. Une pierre n'en vaut-elle pas une autre ?

– Sire, je préfère de loin celle-ci...

Épilogue

On ne sait quels arguments Marie-Anne utilisa pour persuader le roi son père d'intervenir auprès du doge de Venise. Toujours est-il que Côme fut libéré rapidement. L'entreprise n'était pourtant guère aisée, et les négociations risquaient fort d'échouer. En effet, le doge tenait la France pour responsable du « vol » du secret des miroirs qui mettait à mal le commerce des glaces vénitiennes. Mais les émissaires que Louis XIV avaient dépêchés à la *Serenissima* surent faire fléchir le doge. Nul ne résistait aux ordres du plus grand roi du monde !

Les Miroirs du Palais

Angelina et Côme se marièrent avec la bénédiction de Domenico, de Marie-Anne et du roi. Pour l'occasion, la princesse offrit une très jolie robe bleue à sa lectrice. Et, ainsi qu'elle l'avait promis, Côme devint son pâtissier personnel. La princesse n'eut pas à le regretter: jamais les douceurs qu'on lui avait servies jusqu'à présent n'avaient été aussi subtiles, goûteuses, et raffinées dans leur présentation. Le roi fit d'ailleurs savoir à sa fille, qu'il aimerait lui ravir, pour son propre compte, ce pâtissier au talent extraordinaire. Hélas pour les papilles royales, Marie-Anne refusa tout net!

Domenico et Émilie avaient attendu que la noce soit passée pour partir s'installer en Touraine. Le Premier Miroitier de Sa Majesté resta à l'écoute des maîtres verriers qui officiaient sans lui à la manufacture de Reuilly. Chaque semaine, des comptes-rendus lui parvenaient. Le curé de la paroisse les lui lisait, et ainsi, Domenico pouvait, le cas échéant, prodiguer ses conseils.

Domenico, Émilie et Valentine furent très heureux en Touraine. Émilie avait l'impression de vivre une seconde jeunesse. Valentine devint une belle jeune femme, instruite, élégante et joyeuse. Cendrène et Angelina espéraient qu'un jour elle les rejoindrait pour travailler avec elles, au service de Marie-Anne qui ne cessait de la réclamer.

Domenico était fort mal en point lorsqu'il quitta Paris. Mais, grâce à sa solide constitution, il eut la chance de voir sa santé s'améliorer lentement à la faveur de la vie saine qu'il menait désormais en Touraine. Il vécut longtemps. Beaucoup plus longtemps qu'on ne pouvait l'espérer.

Fabio et Marie-Anne se marièrent-ils ? C'est une autre histoire...

Qui sait s'ils se marièrent, ou si la princesse abandonna son projet, en échange de l'intervention du roi auprès du doge, pour obtenir la libération de Côme. N'avait-elle pas promis à son père la plus grande discrétion à ce sujet ? Ce qui est sûr, c'est que le souverain n'en entendit jamais parler, et que Marie-Anne ne se remaria jamais. Officiellement, du moins...

Les Miroirs du Palais

Elle refusa tous les prétendants qu'on lui présentait. Ce que l'on sait également, c'est que Fabio se rendit très souvent à Versailles. Et pas uniquement pour y installer des miroirs. Et pas seulement non plus pour venir embrasser Angelina et Cendrène...

Françoise de Maintenon pensait que Fabio avait triomphé d'elle... Elle se trompait. En vérité, dans cette affaire, c'était la Voisin qui avait gagné !

La sorcière avait ensorcelé les miroirs à l'aide d'un sortilège démoniaque qui ne devait jamais finir. Grâce à lui, elle souhaitait conserver un pied dans le monde réel, fût-il à la limite, juste de l'autre côté du miroir, là où commence l'invisible. Jamais elle n'aurait abandonné ce pouvoir. Le dernier qui lui restait ! Voyant que Domenico allait détruire tous les miroirs damnés jusqu'à la plus petite miette, il lui avait fallu trouver un subterfuge pour demeurer au contact de la réalité. De la vie. La vraie. Pas celle, aliénante, des Enfers. Sans les miroirs, la malédiction devait malgré tout perdurer. Comment la Voisin

Le Grand Diamant Bleu

allait-elle s'y prendre ? L'accusation de vol du diamant avait été pour elle une aubaine, puisque c'est à ce sujet que Fabio l'avait «convoquée»... Elle s'était ensuite servie de lui en imposant un odieux chantage. Le malheureux avait eu beau s'insurger, et protester qu'elle lui demandait, en quelque sorte, de vendre son âme au diable ! Il lui était impossible de refuser, s'il voulait sauver Angelina des griffes de la Maintenon... Fabio était porteur du sortilège, et la Voisin savait que le jeune homme n'avait qu'une chose à faire : regarder le Grand Diamant Bleu, pour lui insuffler la malédiction des miroirs.

Angelina et Fabio avaient poursuivi un noble but. Celui d'anéantir la malédiction des miroirs, et ils y étaient parvenus. Mais alors qu'elle s'éteignait, commençait celle du Diamant Bleu de Louis XIV...

Le Grand Diamant Bleu
(Source Wikipédia)

En 1668, Jean-Baptiste Tavernier, grand voyageur, marchand et diamantaire, rapporte d'Inde, le Grand Diamant Bleu. La pierre aurait été extraite des mines du sultanat de Golconde, dès 1610. Elle pèse un peu plus de 115 carats (valeur métrique actuelle). C'est alors le plus gros diamant bleu jamais découvert. Lorsque Tavernier s'en rend acquéreur, celui-ci est poli à la manière indienne, en respectant la forme naturelle de la gemme, pour lui conserver sa grosseur.

Les Miroirs du Palais

Amateur de pierres précieuses et particulièrement de diamants, Louis XIV l'achète à Tavernier en 1669. Ce n'est qu'en 1671 qu'il le confie au joaillier, Jean Pittan, qui ne mettra pas moins de quatre ans pour réaliser le dessin, puis la taille. Le résultat est exceptionnel et unique. Le diamant, de forme triangulaire, comporte soixante-sept facettes. La face arrière présente en son centre, une corolle de sept pétales caractéristiques de la taille en «Rose de Paris». Mais, il ne pèse plus que 69 carats. Le Roi-Soleil portait le Grand Diamant Bleu, serti sur une monture d'or, épinglé sur sa cravate, telle une broche. À sa mort, en 1715, le diamant sera délaissé, Louis XV (arrière-petit-fils de Louis XIV) ayant une préférence pour les diamants blancs. Toutefois, il le choisira comme pièce maîtresse de l'insigne de la Toison d'Or, lorsqu'en 1749 il sera fait Chevalier de cet ordre.

Louis XVI portera cette Toison d'Or, lors des États généraux de 1789.

En septembre 1792, pendant la Révolution française, tous les bijoux de la Couronne sont volés à

Le Grand Diamant Bleu

l'Hôtel du Garde-Meuble royal, place de la Révolution, à Paris (aujourd'hui, Hôtel de la Marine, place de la Concorde). À cette époque, on considère qu'il s'agit du plus grand trésor du monde, avec celui du Grand Moghol. De nombreuses gemmes sont retrouvées, mais les pièces les plus importantes, comme la Toison d'Or de Louis XV, contenant le Grand Diamant Bleu, ne réapparaîtront jamais.

Le 19 septembre 1812, soit vingt ans et trois jours après le pillage du Garde-Meuble royal, (c'est-à-dire trois jours après le délai de prescription d'un vol, qui est de vingt ans), un diamant bleu de forme ovale et pesant 45,5 carats apparaît en Angleterre. Il est la propriété d'un banquier londonien, Henry Philip Hope. Le diamant prendra son nom : le Hope.

Des questions se posent quant à l'origine du Hope. C'est seulement en 1856 qu'on émet l'hypothèse que le Hope a été retaillé à partir du Grand Diamant Bleu. Mais comment en avoir la preuve ?

Cette preuve, on ne l'aura qu'en décembre 2007.

Un professeur de minéralogie, François Farges, découvre dans les réserves du Muséum national d'histoire naturelle à Paris, le moulage en plomb du diamant. Il est parfaitement reconnaissable à la «Rose de Paris» visible sur la face arrière. L'étude du plomb prouve l'excellence du travail de Jean Pittan, et démontre que les dimensions du Hope s'inscrivent parfaitement dans le Grand Diamant Bleu.

Entre 1792 et 1812, la trouvaille de Jean-Baptiste Tavernier, le plus beau diamant de Louis XIV, le chef-d'œuvre de Pittan a été dénaturé.

À partir du modèle en plomb, et grâce à des techniques de pointe, la réplique exacte du Grand Diamant Bleu a pu être réalisée en zircone.

Pourquoi ce magnifique diamant a-t-il la réputation de porter malheur?

On raconte que la pierre a été vendue à Tavernier parce qu'elle était bleue. À l'époque moghole, seules les pierres aux couleurs de l'Islam étaient utilisées:

Le Grand Diamant Bleu

le vert, le rouge et le blanc. Le bleu était considéré comme maléfique.

La légende dit que Tavernier mourut en Inde, dévoré par des chiens sauvages, lors de ce qui fut son dernier voyage. Une autre version, qui ne va pas dans le sens d'une quelconque «malédiction», affirme qu'il est mort dans son lit, à Moscou, âgé de 84 ans.

L'héritier de Henri Philip Hope fera faillite et son épouse le quittera. Le diamant sera revendu à plusieurs reprises. On rapporte que tous ses propriétaires eurent à souffrir de revers de fortune, ou de destin tragique, en relation avec la possession du diamant «maléfique». Harry Winston, son dernier propriétaire (de 1949 à 1958), le lègue au Smithsonian Institute de Washington, où on peut l'admirer aujourd'hui.

Toutefois, ainsi que l'avait souhaité la sorcière la Voisin, les premières victimes de la malédiction du Grand Diamant Bleu furent évidemment Louis XIV, sa famille, et sa descendance...

*Cet ouvrage a été mis en pages
par DV Arts Graphique à La Rochelle*

Impression réalisée par

CPI
BRODARD & TAUPIN

La Flèche

*en novembre 2012
pour le compte des Éditions Bayard*

Imprimé en France
N° d'impression : 70897